岩 波 文 庫

31-205-1

山 之 口 貘 詩 集

高 良 勉 編

JN149457

岩 波 書 店

目 次

山之口貘詩集

襤褸は寝ている

野良犬・野良猫・古下駄どもの
入れかわり立ちかわる
夜の底
まひるの空から舞い降りて
襤褸は寝ている
夜の底
見れば見るほどひろがるようひらたくなって地球を抱いている
襤褸は寝ている
鼾が光る
うるさい光
眩しい鼾
やがてそこいらじゅうに眼がひらく

『思辨の苑』

小石・紙屑・吸殻たち・神や仏の紳士も起きあがる
襤褸は寝ている夜の底
空にはいっぱい浮世の花
大きな米粒ばかりの白い花

加藤清正

血沫をあげ
あわただしくも虎年が来た

虎だ　と云えば
上野の動物園や虎の皮や　虎そのものを思い出すということよりも
思い出すのは加藤清正まずその人なのである
かれはそのむかし
虎狩りですっかりおとこをあげ

以来
歴史の一隅を借り受けて
そこにおのれの名をかかげ
虎のいるところどこにでも出掛けては　史上の生活を営んでいた
かれはまるで動物園の虎の係りであるかのように
いつも人待ち顔で檻の傍に立ち
虎に生彩を投げあたえたりして　少年達に愛されていた

ところでこれは今年のことである
その日　動物園には僕もいた
僕は少年達の頭の間から　そこいらにごろごろ転っている肉体の文明ども
　に見とれていた
やがて少年達がそこをひきあげると
例の加藤清正彼がである
かれは僕の肩をたたき　その掌をおのれの脳天に置き　おもむろに唇をう
　ごかした

弱った　とかれが言った
ことしは虎で困ったことになった　と言った
これは意外にも　かれのマンネリズムから飛び出しているほどの　更に一
　段と歴史的においの高い言葉であった
それにしても
だがそれにしても僕はおもう
史上の彼方からはるばると　おのれを慕い虎を慕い　動物園にまでやって
　くるこの古ぼけた人物の上にすら　ついに時勢の姿は反映するものか
虎に出て来られて
加藤清正が困っては
それは虎狩りの少年達が困る　と僕は言った　するとかれはあたりを見廻
　して
かなしげな声を立て
むかしを呼ぶように　かれは見知らぬ虎どもの名を呼んだ
すたありん
むっそりいに

ひっとらあ

そのとき
檻のなかでは
めをほそめ耳の穴だけ開けていた

鼻のある結論

ある日
悶々としている鼻の姿を見た
鼻はその両翼をおしひろげてはおしたたんだりして　往復している呼吸《いき》を
　苦しんでいた
呼吸は熱をおび
はなかべを傷めて往復した
鼻はついにいきり立ち

身振り口振りもはげしくなって　くんくんと風邪を打ち鳴らした
僕は詩を休み
なんどもなんども洟をかみ
鼻の様子をうかがい暮らしているうちに　夜が明けた
ああ
呼吸するための鼻であるとは言え
風邪ひくたんびにぐるりの文明を掻き乱し
そこに神の気配を蹴立てて
鼻は血みどろに
顔のまんなかにがんばっていた

またある日
僕は文明をかなしんだ
詩人がどんなに詩人でも　未だに食わねば生きられないほどの
それは非文化的な文明だった
だから僕なんかでも　詩人であるばかりではなくて汲取屋をも兼ねていた

僕は来る日も糞を浴び
去《ゆ》く日も糞を浴びていた
詩は糞の日々をながめ　立ちのぼる陽炎のように汗ばんだ
ああ
かかる不潔な生活にも　僕と称する人間がばたついて生きているように
ソヴィエット・ロシヤにも
ナチス・ドイツにも
また戦車や神風号やアンドレ・ジイドに至るまで
文明のどこにも人間がばたついていて
くさいと言うには既に遅かった

鼻はもっともらしい物腰をして
生理の伝統をかむり
再び顔のまんなかに立ち上っていた

猫

蹴っ飛ばされて
宙に舞い上り
人を越え
梢を越え
月をも越えて
神の座にまで届いても
落っこちるということのない身軽な獣
高さの限りを根から無視してしまい
地上に降り立ちこの四つ肢で歩くんだ

転居

詩を書くことよりも　まずめしを食えという
それは世間の出来事である
食ってしまった性には合わないんだ
もらって食ってもひったくって食ってしまったわけなんだ
死ねと言っても死ぬどころか死ぬことなんか無駄にして食ってしまったあ
　んばいなんだ
ここに食ったばかりの現実がある
空っぽになって露わになった現実の底深く　米粒のように光っていた箸の
　両国の佐藤さんをもついに食ってしまった現在なんだ
陸はごらんの通りの陸である
食おうとしてもこれ以上は　食う物がなくなったんだというように電信柱
　や塵箱なんか立っていて　まるでがらんとしている陸なんだ
言わなくたって勿論である

めしに飢えたらめしを食え　めしも尽きたら飢えも食え飢えにも飽きたら
　勿論なんだ
僕を見よ
引っ越すのが僕である
白ばっくれても人間面をして　世間を食い廻るこの肉体を引き摺りながら
石や歴史や時間や空間などのように　なるべく長命したいというのが僕
　なんだ
お天気を見よ
それは天気のことなんだ
海を見よ
陸の隣りが海なんだ
海に坐って僕は食う
甲板の上のその　生きた船頭さんをつまんで食いながら　海の世間に向っ
　ては時々大きな口を開けて見せるんだ
魚らよ
びっくりしなさんな

珍客はこんなに太っていても
陸の時代では有名な　いわゆる食えなくなった詩なんだよ

思　辨

科学の頂点によじのぼる飛行機類
海を引き裂く船舶類
生きるとかいう人間類

ではあるが
生きっ放しの人間なんてないもんか
生きるのであろうかと思って見ていると　みるみるうちに死んでしまう人
　間類
ゆきっ放しの船舶なんてないもんか
出帆したのかと思っていたら戻って来ている船舶類

飛びっ放しの飛行機なんてないもんか
昇天するのかと思うまに垂下して来る飛行機類

まるで
風におびえる蛾みたいに
金粉を浴びては
翅をたたみ
胴体にひそんでは
ふるえあがり
文明ともあろう物達のどれもこれもが　夢みるひまも恋みるひまもなく
　米や息などみるひまさえもなくなってそこにばたばたしていても文明な
のか
ああ
かかる非文化的な文明らが現実すぎるほど群れている
みんなかなしく古ぼけて
むんむんしている神の息吹を浴び

地球の頭にばかりすがっている

来意

もしもの話この僕が
お宅の娘を見たさに来たのであったなら
おばさんあなたはなんとおっしゃるか

もしもそれゆえはるばると
旗ヶ岡には来るのであると申すなら
なおさらなんとおっしゃるか

もしもの話この話
もしもの話がもしものこと
真実だったらおばさんあなたはなんとおっしゃるか

きれいに咲いたあの娘
きれいに咲いたその娘
真実みないでこの僕がこんなにゆっくりお茶をのむもんか

再　会

詩人をやめると言って置きながら　詩ばっかりを書いているではないかと
　いうように
ついに来たのであろうか
失業が来たのである

そこへ来たのが失恋である
寄越したものはほんの接吻だけで　どこへ消えてしもうたのか　女の姿が
　見えなくなったというように

そこへまたもである
またも来たのであろうか住所不定

季節も季節
これは秋

そろいも揃った昔ながらの風体達
どれもこれもが暫らくだったというように大きな面をしているが
むかしの僕だとおもって来たのであろうか
僕をとりまいて
不幸な奴らだ幸福そうに笑っている

座蒲団

土の上には床がある
床の上には畳がある
畳の上にあるのが座蒲団でその上にあるのが楽という
楽の上にはなんにもないのであろうか
どうぞおしきなさいとすすめられて
楽に坐ったさびしさよ
土の世界をはるかにみおろしているように
住み馴れぬ世界がさびしいよ

数学

安いめし屋であるとおもいながら腰を下ろしていると　側にいた青年がこちらを振り向いたのである　青年は僕に酒をすすめながら言うのである
アナキストですか
さあ！　と言うと

コムミュニストですか
さあ！　と言うと
ナンですか
なんですか！　と言うと
あっちへ向き直る
この青年もまた人間なのか！　まるで僕までが　なにかでなくてはならないものであるかのように　なんですかと僕に言ったって　既に生れてしもうた僕なんだから
僕なんです

うそだとおもったら
みるがよい
僕なんだからめしをくれ
僕なんだからいのちをくれ
僕なんだからくれくれいうようにうごいているんだが見えないのか！
うごいているんだから

めしを食うそのときだけのことなんだというように生きているんだが見え
　ないのか！
生きているんだから
反省するとめしが咽喉につかえるんだというように地球を前にしているこ
　の僕なんだが見えないのか！

それでもうそだと言うのが人間なら
青年よ
かんがえてもみるがよい
僕なんだからと言ったって　僕を見せるそのために死んでみせる暇などな
　いんだから
僕だと言っても
うそだと言うなら
神だとおもって
かんべんするがよい

僕が人類を食う間
ほんの地球のあるその一寸の間

僕の詩

僕の詩をみて
女が言った

ずいぶん地球がお好きとみえる

なるほど
僕の詩　ながめていると
五つも六つも地球がころんでくる

そうして女に

僕は言った
世間はひとつの地球で間に合っても
ひとつばかりの地球では
僕の世界が広すぎる

存在

僕らが僕々言っている
その僕とは　僕なのか
僕が　その僕なのか
僕が僕だって　僕が僕なら　僕だって僕なのか
僕である僕とは
僕であるより外には仕方のない僕なのか
おもうにそれはである

僕のことなんか
僕にきいてはくどくなるだけである

なんとなればそれがである
見さえすれば直ぐにも解る僕なんだが
僕を見るにはそれもまた
もう一廻りだ
社会のあたりを廻って来いと言いたくなる

食いそこなった僕

僕は　何を食いそこなったのか！

親兄弟を食いつぶしたのである
女を食い倒したのである

僕をまるのみしたのである
どうせ生きたい僕なんだから何を食っても生きるんだが
食えば何を食っても足りないのか
いまでは空に背を向けて
物理の世界に住んでいる
泥にまみれた地球をかじっている

地球を食っても足りなくなったらそのときは
風や年の類でもなめながら
ひとり　宇宙に居のこるつもりでいるんだよ

マンネリズムの原因

子の親らが
産むならちゃんと産むつもりで

産むぞ　というように一言の意志を伝える仕掛の機械
親の子らが
生れるのが嫌なら
嫌です　というように一言の意見を伝える仕掛の機械
そんな機械が地球の上には欠けている
うちみたところ
飛行機やマルキシズムの配置のあるあたりたしかに華やかではあるんだが
人類くさい文化なのである
遠慮のないところ
交接が　親子の間にものを言わせる仕掛になってはいないんだから
地球の上がマンネリズムである
それみろ
生れるんだから生きたり
生きるんだから産んだり

無機物

僕は考える
ふたりが接吻したそのことを
娘さんを僕に呉れませんかという風に
縁談を申し込みたいと僕は言うのだが
浮浪人のくせに　と女が言うたんだというように

ところが僕は考える
浮浪人をやめたいとおもっているそのことを
縁談はまとめて置いて直ぐにもその足で
人並位の生活をなんとか都合したいと僕は言うのだが
それではものわらいになる　と女が言うたんだというように

ところが僕はまた考えるのか

とにかく縁談をはなしだけでもまとめて置きたいとおもうそのことを
だからこんなに僕が話しても僕のこころがわからぬのかと言うのだが
さよなら　と女が言うたんだというように

恋愛しているその間
僕は知らずにいたんだよ
現実ごとには仰天しているこの僕を

音　楽

あれとは口など利くなと言うのに
あれに口を利くんだから
僕に口利く暇がなくなるんだ
だからあれを好きになったんだろうと言うんだが
だからあんたなんかは嫌いとくる

だからそれみろ　それはおまえが　あれを好きになったんだからであろう
　と言うんだが
雨天のたびには
雨が降る
僕がものいうたびに降るものは
あの男のことばっかり
だからもういうまいと口を噤んでみるんだが
みるほどにきこえてくる音
なんの音
たといやきもちやいてはいてもこの僕そのものは
物はたしかに愛なんだがときこえるばかり

会　話

お国は？　と女が言った

さて　僕の国はどこなんだか　とにかく僕は煙草に火をつけるんだが　刺青と蛇皮線などの連想を染めて　図案のような風俗をしているあの僕の国か！

ずっとむこう

ずっとむこうとは？　と女が言った
それはずっとむこう　日本列島の南端の一寸手前なんだが　頭上に豚をのせる女がいるとか　素足で歩くとかいうような　憂鬱な方角を習慣しているあの僕の国か！

南方

南方とは？　と女が言った
南方は南方　濃藍の海に住んでいるあの常夏の地帯　龍舌蘭と梯梧と阿旦とパパイヤなどの植物達が　白い季節を被って寄り添うているんだが　あれは日本人ではないとか　日本語は通じるかなどと話し合いながら　世間の既成概念達が寄留するあの僕の国か！

亜熱帯

アネッタイ！　と女は言った
亜熱帯なんだが　僕の女よ　眼の前に見える亜熱帯が見えないのか！　この僕のように　日本語の通じる日本人が　即ち亜熱帯に生れた僕らなんだと僕はおもうんだが　酋長だの土人だの唐手だの泡盛だのの同義語でも眺めるかのように　世間の偏見達が眺めるあの僕の国か！
赤道直下のあの近所

日曜日

鼻の尖端が淡紅色に腫れている　血液が不純なのか！　鼻が崩れ落ちたら死んでしまうより外にはないとおもうんだが　僕には女がある
女はあちらの景色に見とれている　子を産むことが一番きらいと言っている　そうして一番すきなのは　洋装だとのことなんだが　僕は女に所望

した

鼻が落ちても一緒に歩こうよ
けれども女は立ち止まった
僕も立ち止まったのであるが　ここには鼻が聳えているだけなんだろうか
　そこに立ち塞がって　かなしくふくれあがった膨大な鼻である
ああ
なんという日曜日なのであろうか
既に黄昏れて
鼻の此方　恋愛のあたりは未練を灯している

挨　拶

『さよなら』と僕は言った

『今夜はどこへ帰るの?』と女が言った　僕もまた　僕が帰るんだそうだ
とおもいながら戸外へ出る
僕の両側には　寝ついたばかりの街の貌がほてっている　街の寝息は
僕の足音に円波をつくって揺れている　巡査の開いた手帖の上を　僕の
足が歩いている　足は　刑事に躓いて　よろける　石に躓いても　足は
よろけてしまうのである　足に乗っていると　見覚えのある壁が近づい
てくる　玄関が近づいてくる
足が逡巡すると　僕は足の上から上体を乗り出して　戸の隙間に唇をあ
てる
『すまないが泊めてくれ』
呼声が地球外に佇ずんでいるからなんだろうか!　常識外れのした時刻《とき》を
携えているからか!　見るまでもなく返事をするまでもなく　それは僕
であることに定めてしまったかのように　黙々と開く戸である　戸は
黙々と閉ざすのである
ところで　僕は帰って来たのであろうか　這入って見るとあこの部屋
坐って見るとこの畳　かけて見るとこの蒲団　寝て見るとこのねむり

なにを見てもなにひとつ僕のものとてはないではないか
ある朝である
『おはよう』と女に言った
『どこから来たの？』と僕に言った
流石は僕のこいびとなんだろうか　僕もまた僕　あの夜この夜を呼び起して　この陸上に打ち建てた僕の数ある無言の住居　あの友情達を振り返った
『僕は方々から来るんだよ』

岬

操ではないのよ　と女が言ったっけ
ひらがなのみさをでもないのよ　カタカナで　ミサヲ　と書くのよ　と女が言ったっけ
書いてあった宛名の　操様を　ミサヲ様に書きなおす僕だったっけ

ふたりっきりで火鉢にあたっていたっけが
手が手に触れて　そこにとんがっていたあの　岬のようになった恋愛をな
　がめる僕だったっけ
またはなんだったっけ
もはや二十七にもなったこの髯面で
女の手を握りはしたんだがそれでおしまいのはなしだったっけ

玩　具

掌にのこったまるい物
乳房のまんまの
まるい温度
それからここにもうひとつ
これはたしかに僕の物です　と
あの肌に

捺した
指紋

石

季節季節が素通りする
来るかとおもって見ていると
来るかのようにみせかけながら

僕がいるかわりにというように
街角には誰もいない

徒労にまみれて坐っていると
これでも生きているのかとおもうんだが
季節季節が素通りする

まるで生き過ぎるんだというかのように
いつみてもここにいるのは僕なのか
着ている現実
見返れば
僕はあの頃からの浮浪人

生きている位置

死んだとおもったら
生きていたのか　と
僕の顔さえみればいうようだが
世間はまったく気がはやい
僕は生きても生きてもなかなか死なないんで

死んだら最後だ地球が崩れても
どこまでも死んだまんまでいたいとねがうほど
それは永いおもいをしながらも
呼吸《いき》をしている間は生きているのだよ

夢の後

飯を食べているところで眼が開いてしもうた　鼻先には朝が来合わせている　顔の重みで草が倒れている　昨夜　置きっ放しの足が　手が　胴体が　乱雑している　疲労の重さで僕の寝ているところの土が窪んでいる　それらの肉体を　熊手のように僕は一ヶ所に掻き寄せる　僕は僕を一纏めにすると　さて　立ち上ろうとするんだがよろめいてしまう　よろめくたびの僕にゆすぶられて　そこに朝が綻びかけている
この情景を隙見しているように　僕は飯を食っていたんだが　と僕はおもう

夢にくすぐられて　からまわりしている生理作用　生活のなかには僕がいない　僕は死んでしまったかのように　月日の上をうろついている
『このごろはどうしているんだ?』
ああこのごろか！　このごろもまた僕はひもじいのである
だから借して呉れ
『ないんだ』と声が言った
あんまり度々なんだから　あるにしてもないんだろう
僕は　ガードの上の電車に眼を投げる　眼は電信柱の尖端にひっかかる　往来の頭達の上に眼が落ちる　この辺も賑やかになったもんだが　眼は僕の上に落ちる　食べ易いのであろうか　よくも情類のようなやわらかいものばかりを僕は食べて歩いているもんだ
つんぼのようになって　僕のいる風景を目読していると　誰かが　僕の肩を叩いている
『空腹になるのがうまくなったんだろう』

夜

僕は間借りをしたのである
僕の所へ遊びに来たまえと皆に言うたのである
そのうちにゆくよと皆は言うのであったのである
何日経ってもそのうちにはならないのであろうか
僕も　僕を訪ねて来る者があるもんかとおもってしまうのである
僕は人間ではないのであろうか
貧乏が人間を形態して僕になっているのであろうか
引力より外にはかんじることも出来ないで　僕は静物の親類のように生き
　てしまうのであろうか

大概の人生達が休憩している真夜中である
僕は僕をかんじながら
下から照らしている太陽をながめているのである

とおい昼の街の風景が逆さに輝やいているのをながめているのである
まるい地球をながめているのである

解　体

食べものの連想を添えながら人を訪ねる癖があるとも言える
ほんとうではあるが高尚ではない私なのである
私との交際は　つきあわないことが得策なのである
主観的なので誰よりもひもじい私なのである
方々の食卓に表現する食欲が　枯木のような情熱となって生えているので
ある
もうろうと目蓋は開いたままなのである
私の思想は死にたいようでもある
私の体格は生きたいようなのである
私は　雨にぬれた午後の空間に顔をつっこんでいるのである

身を泥濘に突きさして私はそこに立ち止まっているのである
全然なんにも要らない思想ではないのである
女とメシツブのためには大きな口のある体格なのである
馬鹿か白痴かすけべえか風邪のかの字にも値しない枯れた体格なのである
精神のことごとくが　あるこうるのように消えて乾いてしもうた体格なの
　である
なんと言ったらよいか
私は材木達といっしょに建築材料にでもなるであろうか

青空に囲まれた地球の頂点に立って

おさがりなのである
衣類も食物類も住所類もおさがりなのである
よくも掻き集めて来たいろいろのおさがり物なのである
ついでに言うが

女房という物だけはおさがり物さえないのである
中古の衣食住にくるまって蓑虫のようになってはいても
欲しいものは私もほんとうに欲しいのである
まっしぐらに地べたを貫いて地球の中心をめがける垂直のように
私の姿勢は一匹の女を狙っているのである
引力のような情熱にひったくられているのである
ひったくられて胸も張り裂けて手足は力だらけになって
女房女房と叫んでいるので唇が千切れ飛んでしまうのである
妻帯したら私は
女房の足首を摑んでその一塊の体重を肩に担ぎあげたいのである
機関車・電車・ビルディング・煙突など　街の体格達と立ち並んで汗を拭
　き拭き私は人生をひとまわりしたいのである
青空に囲まれた地球の頂点に立って
みるみる妻帯する私になって兵卒の礼儀作法よりももっとすばやくはっき
　りと
『これは女房であります』と言ってしまって

この全身を私は男になり切りたいのである

賑やかな生活である

誰も居なかったので
ひもじい　と一声出してみたのである
その声のリズムが呼吸のようにひびいておもしろいので
私はねころんで思い出し笑いをしたのである
しかし私は
しんけんな自分を嘲ってしもうた私を気の毒になったのである
私は大福屋の小僧を愛嬌でおだててやって大福を食ったのである
たとい私は
友達にふきげんな顔をされても　侮蔑をうけても私は　メシツブでさえあればそれを食べるごとに　市長や郵便局長でもかまわないから　長の字のある人達に私の満腹を報告したくなるのである

メシツプのことで賑やかな私の頭である
頭のむこうには　晴天だと言ってやりたいほど無茶に　曇天のような郷愁
　がある
あっちの方でも今頃は
痩せたり煙草を吸ったり咳をしたりして　父も忙しかろうとおもうのであ
　る
妹だってもう年頃だろう
おとこのことなど忙しいおもいをしているだろう
遠距離ながらも
お互さまにである
みんな賑やかな生活である

妹へおくる手紙

なんという妹なんだろう

兄さんはきっと成功なさると信じています　とか
兄さんはいま東京のどこにいるのでしょう　とか
ひとづてによこしたその音信《たより》のなかに
妹の眼をかんじながら
僕もまた　六、七年振りに手紙を書こうとはするのです
この兄さんは
成功しようかどうしようか結婚でもしたいと思うのです
そんなことは書けないのです
東京にいて兄さんは犬のようにものほしげな顔しています
そんなことも書かないのです
兄さんは　住所不定なのです
とはますます書けないのです
如実的な一切を書けなくなって
といつめられているかのように身動きも出来なくなってしまい
満身の力をこめてやっとのおもいで書いたのです
ミナゲンキカ

と　書いたのです

疲れた日記

雨天
晴天
曇天
大抵の天の下は潜ってしもうたのです
街を歩いて拾い物を期待しているせいか
僕は猫背になったのです
ある日
僕は言わなかったのです
友よ　空腹をかんじつくらしてみようじゃないか　と
すると彼が僕に言ったのです
君には洋服が似合うよ　と

僕もそう思う　と僕は答えたのです
朝になると
僕は岩の上で目を覚ましていたのです
潮風にぬれた頭を陽に干しながら　空腹や孝行に就いて考えながら
海鳥のように
海に口をさしむけていると
顎の下には渚の音がきこえるのです

無　題

むろん理由はあるにはあったがそれはとにかくとして
人々が僕を嫌い出したようなので僕はおとなしく嫌われてやるのである
嫌われてやりながらもいくぶんははずかしいので
つい　僕は生きようかと思い立ったのである
煖房屋になったのである

万力台がある　鉄管がある
鞴《ふいご》もある　チェントンもある　ネジ切り機械もある
重量ばかりの重なり合った仕事場である
いよいよ僕は生きるのであろうか！
鉄管をかつぐと僕のなかにはぷちぷち鳴る背骨がある
力を絞ると涙が出るのである
ヴイバーで鉄管にネジを切るからであろうか
僕の心理のなかには慣性の法則がひそんでいるかのように
なにもかにもネジを切ってやりたくなるのである
目につく物はなんでも一度はかついでみたくなるのである
ついに僕は　僕の体重までもかついでしまったのであろうか
夜を摑んで引っ張り寄せたいのである
そのねむりのなかへ体重を放り出したいのである

夜景

あの浮浪人の寝様ときたら
まるで地球に抱きついているかのようだとおもったら
僕の足首が痛み出した
みると　地球がぶらさがっている

生活の柄

歩き疲れては
夜空と陸との隙間にもぐり込んで寝たのである
草に埋もれて寝たのである
ところ構わず寝たのである

寝たのであるが
ねむれたのでもあったのか！
このごろはねむれない
陸を敷いてはねむれない
夜空の下ではねむれない
揺り起されてはねむれない
この生活の柄が夏むきなのか！
寝たかとおもうと冷気にからかわれて
秋は　浮浪人のままではねむれない

論旨

徹底しろ　と僕に言ったって
徹底する位なら
僕は浮浪人には徹底なんかしたくないのである

金がなくて困っている　と僕に話したって
金がなくては困るのである

それが僕よりも困っていると僕に説いたって
僕よりも困っていては
話がそれは困るのである

要するにこの男
どこまで僕をこわがるか
話をみないであんまり僕ばっかりをみていると
いまにみていろ
金を呉れと言い出すから

大儀

躓いたら転んでいたいのである
する話も咽喉の都合で話していたいのである
また
久し振りの友人でも短か振りの友人でも誰とでも
逢えば直ぐに
さよならを先に言うて置きたいのである
あるいは
食べたその後は　口も拭かないでぼんやりとしていたいのである
すべて
おもうだけですませて　頭からふとんを被って沈澱していたいのである
言いかえると
空でも被って　側には海でもひろげて置いて　人生か何かを尻に敷いて
　膝頭を抱いてその上に顎をのせて背中をまるめていたいのである

鏡

鏡のなかの彼にうちむかい
残飯でもあるなら一口僕に　と言いたがっている僕なんですが
髯を剃りたまえ　と彼は言うのです
清潔は清潔なんですが
じれったい清潔です
僕は　と僕は言いかけて
僕も髯を剃ろう　と言うてしもうた僕なんですが
言いたいことが言いたくて
僕は柄杓でバケツの水を飲んでしもうたのです

食人種

噛った
父を噛った
人々を噛った
友人達を噛った
親友を噛った
親友が絶交する
友人達が面会の拒絶をする
人々が見えなくなる
父はとおくぼんやり坐っているんだろう
街の甍の彼方
うすぐもる旅愁をながめ
枯草にねそべって
僕は

人情の歯ざわりを反芻する

自己紹介

ここに寄り集った諸氏よ
先ほどから諸氏の位置に就て考えているうちに
考えている僕の姿に僕は気がついたのであります

僕ですか?
これはまことに自惚れるようですが
びんぼうなのであります

立ち往生

眠れないのである
土の上に胡坐をかいているのである
地球の表面で尖っているものはひとり僕なのである
いくらなんでも人はこうしてひとりっきりでいると
自分の股影に
ほんのりと明るむ喬木のようなものをかんじるのである
そこにほのぼのと生き力が燃え立ってくるのである
生き力が燃え立つので
力のやり場がせつになつかしくなるのである
女よ　そんなにまじめな顔をするなと言いたくなるのである
闇のなかにかぶりを晒していると
健康が重たくなって
次第に地球を傾けているのをかんじるのである

雨と床屋

雨の足先が豆殻のようにはじけている
バリカンの音は水のように無色である
頭らが野菜のように青くなる
山羊の仔のような
ほそいおとがいの芸妓もいる
なんとまあよく降る雨だろう
清潔どもが気をくさらして
かわりばんこのあくびである

萌　芽

空家のようにがらんとしている夜である

誰かそこにいて
これがあるか　というように
小指を僕に示して見せる相手があるならば
ないんだよ　と即答出来る自信で僕の胸はいっぱいなのである
蟹の眼のように僕は眼をとんがらせて夜じゅう小指のシノニムを夢見てい
る
公設市場で葱を指ざしていたあの女
追いついて行って横目で見てやったときのあの女
女や女を
または女を思い出しながら
僕は夢見ている
今度という今度こそは女をみつけ次第
その場にひざまずいて僕は一言さささげたいのである
女さまよ　と

唇のような良心

死ぬ死ぬと口にしたばかりに
そんな男に限って死に切れないでいるものばかりがあるばかりに
私にまでも
口ばっかりとおっしゃるんで
私は死にたくなるのである
あなたの目は仏壇のようにうす暗い
蔑視蔑視と言って私はあなたの視線を防いでばかりいるので
あなたを愛する暇が殆どないのでかなしいのである
えぷろんのぽけっとから　まっちをつまみ出したあなたの指を見ていた時
　からだった
私は私の良心が　もしや唇のような恰好をしているのではないかとそれが
　かなしくなるばかりである
だから

愛する愛すると私が言うているのに
嘘々とおっしゃるのが素直すぎてかなしいのである

座談

1

ある晩
いいえ毎晩
その娘が
むこうにいる男を好いていそうな目つきをするので
私はうすぼんやりしているのです

2

むこうの男は俳優だそうです

こちらの私は詩人だそうです
どちらが娘を愛しているか
詩人の私であるというより外はないのです

俳優は長居しているのでみっともないのです
考えてみると詩人も長居しているのです
どちらが娘を愛し得るかということになったら
私は駈け出して
娘の首すじを摑んでひったくるつもりでいるのです

3

娘は左の目蓋に小さなイボがある
お湯の帰りに　ふとそのイボに指をふれてみたら血が出ていたと娘は言う
それは恋の話である
恋の話はいろいろある
ああこの娘よ

もしも私の女房になるならば
奥さんではなくておかみさんになるんだろうが
それは女房になってみれば直ぐにわかるのである
馴れてしまうのである

4

きのうの話によると
娘には許婚者があるんだそうです
それが私でないところを見れば
あの俳優がそうなんだろうか
ぼんやりしているうちに
私の顎下を
夜はなんどもなんども流れていたようです

5

膝のうえには汚れた履歴書がある

邦子というのがその娘である
邦子は喫茶店の女給だったのである
その前の
光子は小学校の教師だったのである
その前の
妙子も小学校の教師だったのである
だったのであるが
だったことばかりが私の眼には浮んでいる

現金

誰かが
女というものは馬鹿であると言いふらしていたのである
そんな馬鹿なことはないのである
ぼくは大反対である

諸手を挙げて反対である
居候なんかしていてもそればかりは大反対である
だから
女よ
だから女よ
こっそりこっちへ廻っておいで
ぼくの女房になってはくれまいか

若しも女を摑んだら

若しも女を摑んだら
丸ビルの屋上や煙突のてっぺんのような高い位置によじのぼって
大声を張りあげたいのである

つかんだ

つかんだ

つかんだあ　と張りあげたいのである

摑んだ女がくたばるまで打ち振って
街の横づらめがけて投げつけたいのである
僕にも女が摑めるのであるという
たったそれだけの
人並のことではあるのだが

求婚の広告

一日もはやく私は結婚したいのです
結婚さえすれば
私は人一倍生きていたくなるでしょう

かように私は面白い男であると私もおもうのです
面白い男と面白く暮したくなって
私をおっとにしたくなって
せんちめんたるになっている女はそこらにいませんか
さっさと来て呉れませんか女よ
見えもしない風を見ているかのように
どの女があなたであるかは知らないが
あなたを
私は待ち佗びているのです

杭

一匹の守宮《やもり》が杭の頂点にいる
三角の小さな頭で空をつついている
ぽかぽかふくらみあがった青い空

僕は土の中から生えて来たように
杭と並んで立っている
僕の頂点によじのぼって来た奴は
一匹の小さな季節　かなしい春
奴は守宮を見に来たふりをして
そこで煙のようにその身をくねらせている

天

草にねころんでいると
眼下には天が深い

風
雲
太陽

有名なもの達の住んでいる世界
天は青く深いのだ
みおろしていると
体軀《からだ》が落っこちそうになってこわいのだ
僕は草木の根のように
土の中へもぐり込みたくなってしまうのだ

散歩スケッチ

産毛のような叢のなかの
蹲っている男と女

べんちの上の男と女

あっちこっちが男と女
なんと
男と女の流行《はや》る季節であろう
友よ
僕らは
きみはやっぱり男で
ぼくもあいにく男だ

晴　天

その男は
戸をひらくような音を立てて笑いながら

ボクントコヘアソビニオイデヨ
と言うのであった

僕もまた考え考え
東京の言葉を拾いあげるのであった
キミントコハドコナンダ

少し鼻にかかったその発音が気に入って
コマッチャッタのチャッタなど
拾いのこしたようなかんじにさえなって
晴れ渡った空を見あげながら
しばらくは輝やく言葉の街に佇ずんでいた

動物園

港からはらばいのぼる夕暮をながめている夜烏ども
縁側に腰をおろしていて
軒端を見あげながら守宮《やもり》の鳴声に微笑する阿呆ども

空模様でも気づかっているかのように
生活の遠景をながめる詩的な凡人ども

錘を吊したように静かに胡坐をかいていて
酒にぬれてはうすびかりする唇に見とれ合っている家畜ども

僕は　僕の生れ国を徘徊していたのか
身のまわりのうすぎたない郷愁を振りはらいながら

動物園の出口にさしかかっている

ものもらいの話

家々の
家々の戸口をのぞいて歩くたびごとに
ものもらいよ
街には沢山の恩人が増えました

恩人ばかりをぶら提げて
交通妨害になりました
狭い街には住めなくなりました

ある日
港の空の

出帆旗をながめ
ためいきついてものもらいが言いました
俺は
怠惰者《なまけもん》　と言いました

喪のある景色

うしろを振りむくと
親である
親のうしろがその親である
その親のそのまたうしろがまたその親の親であるというように
親の親の親ばっかりが
むかしの奥へとつづいている
まえを見ると
まえは子である
子のまえはその子である
その子のそのまたまえはそのまた子の子であるというように
子の子の子の子の子ばっかりが
空の彼方へ消えいるように

未来の涯へとつづいている
こんな景色のなかに
神のバトンが落ちている
血に染まった地球が落ちている

世はさまざま

人は米を食っている
ぼくの名とおなじ名の
貘という獣は
夢を食うという
羊は紙も食い
南京虫は血を吸いにくる
人にはまた
人を食いに来る人や人を食いに出掛ける人もある

そうかとおもうと琉球には
うむまあ木という木がある
木としての器量はよくないが詩人みたいな木なんだ
いつも墓場に立っていて
そこに来ては泣きくずれる
かなしい声や涙で育つという
うむまあ木という風変りな木もある

畳

なんにもなかった畳のうえに
いろんな物があらわれた
まるでこの世のいろんな姿の文字どもが
声をかぎりに詩を呼び廻って
白紙のうえにあらわれて来たように

血の出るような声を張りあげては
結婚生活を呼び呼びして
おっとになった僕があらわれた
女房になった女があらわれた
桐の箪笥があらわれた
薬缶と
火鉢と
鏡台があらわれた
お鍋や
食器が
あらわれた

炭

炭屋にぼくは炭を買いに行った

炭屋のおやじは炭がないと云う
少しでいいからゆずってほしいと云うと
あればとにかく少しもないと云う
ところが実はたったいま炭の中から出て来たばっかりの
くろい手足と
くろい顔だ
それでも無ければそれはとにかくだが
なんとかならないもんかと試みても
どうにもしようがないと云う
どうにもしようのないおやじだ
まるで冬を邪魔するように
ないないばかりを繰り返しては
時勢のまんなかに立ちはだかって来た
くろい手足と
くろい顔だ

思い出

枯芝みたいなそのあごひげよ
まがりくねったその生き方よ
おもえば僕によく似た詩だ
るんぺんしては
本屋の荷造り人
るんぺんしては
煖房屋
るんぺんしては
お灸屋
るんぺんしては
おわい屋と
この世の鼻を小馬鹿にしたりこの世のこころを泥んこにしたりして
詩は

その日その日を生きながらえて来た
おもえば僕によく似た詩だ
やがてどこから見つけて来たものか
詩は結婚生活をくわえて来た
ああ
おもえばなにからなにまでも僕によく似た詩があるもんだ
ひとくちごとに光っては消えるせつないごはんの粒々のように
詩の唇に光っては消える
茨城生れの女房よ
沖縄生れの良人よ

結婚

詩は僕を見ると
結婚結婚と鳴きつづけた

おもうにその頃の僕ときたら
はなはだしく結婚したくなっていた
言わば
雨に濡れた場合
風に吹かれた場合
死にたくなった場合などとこの世にいろいろの場合があったにしても
そこに自分がいる場合には
結婚のことを忘れることが出来なかった
詩はいつもはつらつと
僕のいる所至る所につきまとって来て
結婚結婚と鳴いていた
僕はとうとう結婚してしまったが
詩はとんと鳴かなくなった
いまでは詩とはちがった物がいて
時々僕の胸をかきむしっては
箪笥の陰にしゃがんだりして

おかねが
おかねがと泣き出すんだ

友引の日

なにしろぼくの結婚なので
そうか結婚したのかそうか
結婚したのかそうか
そうかそうかとうなずきながら
向日葵みたいに咲いた眼がある
なにしろぼくの結婚なので
持参金はたんまり来たのかと
そこにひらいた厚い唇もある
なにしろぼくの結婚なので
いよいよ食えなくなったらそのときは別れるつもりで結婚したのかと

もはやのぞき見しに来た顔がある
なにしろぼくの結婚なので
女が傍にくっついているうちは食えるわけだと云ったとか
そっぽを向いて臭《にお》った人もある
なにしろぼくの結婚なので
食うや食わずに咲いたのか
あちらにこちらに咲きみだれた
がやがやがやがやがや
がやがやの
この世の杞憂の花々である

夢を見る神

若しも生れかわって来たならば
彫刻家になりたいもんだと云う小説家

若しも生れかわって来たならば
生殖器にでもなりすますんだと云う恋愛

若しも生れかわって来たならば
お米になっていたいと云う胃袋

若しも生れかわって来たならば
なちす　になるか　それん　になるか　どちらになるのか　あのすぺいん

若しも生れかわって来たならば
なんになろうと勝手であるが
若しも生れかわって来たならばなんになろうと勝手なのか
とある時代の一隅を食い破り神の見知らぬ文化が現われた
こがね色のそれん
こがね色のなちす

こがね色のお米
こがね色の彫刻家
こがね色の生殖器

ああ
文明どもはいつのまに
生れかわりの出来る仕掛の新肉体を発明したのであろうか
神は郷愁におびえて起きあがり
地球のうえに頬杖ついいた

そこらにはばたく無数の仮定
そこらを這い摺り廻っては血の音たてる無数の器械

上り列車

これがこうなるとこうならねばならぬとか
これがこうなればこうなるわけになるんだから
こうならねばこれはうそなんだとか
兄は相も変らず理屈っぽいが
まるでむかしがそこにいるように
なつかしい理屈っぽいの兄だった
理屈っぽいはしきりに呼んでいた
さぶろう
さぶろう　と呼んでいた
僕は自分がさぶろうであることをなんねんもなんねんも忘れていた
どうにかすると理屈っぽいはまた
ばく
ばく　と呼んでいた
僕はまるでふたりの僕がいるように
ばくと呼ばれては詩人になり
さぶろうと呼ばれては弟になったりした

旅はそこらに郷愁を脱ぎ棄てて
雪の斑点模様を身にまとい
やがてもと来た道を揺られていた

弾痕

アパートの二階の一室には
陰によくある女が一匹いた
その飼主は鼻高の色はあさぐろいがめがねと指環の光った紳士であった
鼻高の紳士は兜町からやって来た
かれの一日は
夜をあちらの家に運び
ひるまをこちらの二階に持ち込んで来てひねもす女を飼い馴らした
かれらの部屋がまた部屋でふたりがそこにいる間

真昼間ドアに鍵してすましていた
八百屋でござい
が来ると鍵をはずし
米屋でござい
が来ると鍵をはずし
いちいち鍵をはずしては鼻を出し直ぐまた引っ込めて鍵してしまう
ずいぶんふざけた部屋だったが
すましかえっていたある日
外では煙硝のにおいが騒いでいた
鼻高の紳士は鍵をはずして出て見たがやがてそのまま出て行った
まもなく部屋には物音どもが起きあがりそこらあたりに掻き乱れた
いぶる世紀と
くすぶる空
鼻高さんはもう帰らない
そこに突っ立ち上ったかなしいアパート
アパートの横っ腹にぽっこりと開いたひとつの穴だ

そこからこぼれる食器や風呂敷包
そこからはみ出る茶箪笥と女

紙の上

戦争が起きあがると
飛び立つ鳥のように
日の丸の翅をおしひろげそこからみんな飛び立った

一匹の詩人が紙の上にいて
群れ飛ぶ日の丸を見あげては
だだ
だだ　と叫んでいる
発育不全の短い足　へこんだ腹　持ち上らないでっかい頭
さえずる兵器の群をながめては

だだ
だだ　と叫んでいる
だだ
だだ　と叫んでいるが
いつになったら「戦争」が言えるのか
不便な肉体
どもる思想
まるで沙漠にいるようだ
インクに渇いたのどをかきむしり熱砂の上にすねかえる
その一匹の大きな舌足らず
だだ
だだ　と叫んでは
飛び立つ兵器の群をうちながめ
群れ飛ぶ日の丸を見あげては
だだ

だだ　と叫んでいる

日和

とうさんの商売はなんだときくと
ひっぱってゆくんだと彼女は云った
おまわりさんなのかと思っていると
ひっぱってゆくんだがうちのとうさんは人夫ではないよと彼女は云った
ひっぱってゆくんだが人夫ではない
おまわりさんでもなかったのか
いったいなんの商売なんだときくと
人夫を多勢ひっぱってゆくんだと云う
けれども彼女のとうさんは線路の傍に立っていて
人夫達のするしごとを
見ているだけだと彼女は云った

人夫のかんとくさんだろうと云うと
身悶えしながら彼女は云った
おまえもうちのとうさんに
職を見つけてもらえと云った
だまっていると
話をしろと云い
話をするとする話をもぎとって
すぐに彼女は挑んで来る
どうせ職ならいつでもほしくなるようにと僕のおなかはいつでもすいてい
　るのだが
男みたいな女を
こいびとなんかにしてしまったこのことばかりは生れてはじめてのこと
おまえとはなんだいと怒鳴ってやれば
おまえのことだよなんだいと云い
女のくせになんだいと怒鳴ったら
るんぺんのくせになんだいと来た

野次馬

これはおどろいたこの家にも
テレビがあったのかいと来たのだが
食うのがやっとの家にだって
テレビはあって結構じゃないかと言うと
貰ったのかいそれとも
買ったのかいと首をかしげるのだ
どちらにしても勝手じゃないかと言うと
買ったのではないだろ
貰ったのだろと言うわけなのだ
いかにもそれは真実その通りなのだが
おしつけられては腹立たしくて
余計なお世話をするものだと言うと

『鮪に鰯』

またしてもどこ吹く風なのか
まさかこれではあるまいと来て
物を摑むしぐさをしてみせるのだ

ひそかな対決

ぱあではないのかとぼくのことを
こともあろうに精神科の
著名なある医学博士が言ったとか
たった一篇ぐらいの詩をつくるのに
一〇〇枚二〇〇枚三〇〇枚だのと
原稿紙を屑にして積み重ねる詩人なのでは
ぱあではないのかと言ったとか
ある日ある所でその博士に
はじめてぼくがお目にかかったところ

お名前はかねがね
存じ上げていましたとかで
このごろどうです
詩はいかがですかと来たのだ
いかにもとぼけたことを言うもので
ぱあにしてはどこか
正気にでも見える詩人なのか
お目にかかったついでにひとつ
博士の診断を受けてみるかと
ぼくはおもわぬのでもなかったのだが
お邪魔しましたと腰をあげたのだ

弾を浴びた島

島の土を踏んだとたんに

ガンジューイ[*1]とあいさつしたところ
はいおかげさまで元気ですとか言って
島の人は日本語で来たのだ
郷愁はいささか戸惑いしてしまって
ウチナーグチマディン　ムル[*2]
イクサニ　サッタルバスイ[*3]と言うと
島の人は苦笑したのだが
沖縄語は上手ですねと来たのだ

＊1　お元気か
＊2　沖縄方言までも　すべて
＊3　戦争で　やられたのか

桃の花

いなかはどこだと

おともだちからきかれて
ミミコは返事にこまったと言うのだ
こまることなどないじゃないか
沖縄じゃないかと言うと
沖縄はパパのいなかで
茨城がママのいなかで
ミミコは東京でみんなまちまちと言うのだ
それでなんと答えたのだときくと
パパは沖縄で
ママは茨城で
ミミコは東京と答えたのだと言う
一ぷくつけて
ぶらりと表へ出たら
桃の花が咲いていた

首をのばして

出版記念会と来ると
首をすくめてそれを見送り
歓送会と来ると
首をすくめてそれを見送り
祝賀会と来ると
首をすくめてそれを見送り
歓迎会と来ると
首をすくめてそれを見送り
会あるたんびに
首をすくめては
いろんな会を見送って来た
ある日またかとおもって
首をすくめていると

いいえお顔だけで結構なんです
会費の御心配など
いらないんですと言う

ある家庭

またしても女房が言ったのだ
ラジオもなければテレビもない
電気ストーブも電話もない
ミキサーもなければ電気冷蔵庫もない
電気掃除器も電気洗濯機もない
こんな家なんていまどきどこにも
あるもんじゃないやと女房が言ったのだ
亭主はそこで口をつぐみ
あたりを見廻したりしているのだが

こんな家でも女房が文化的なので
ないものにかわって
なにかと間に合っているのだ

元旦の風景

正月三ヵ日はどこでも
朝はお雑煮を
いただくもので
仕来たりなんじゃありませんか
女房はそう言いながら
雑煮とやらの
仕来たりをたべているのだ
ぼくはだまって
味噌汁のおかわりをしたのだが

正月も仕来たりもないもので
味噌汁ぬきの朝なんぞ
食ったみたいな
感じがしないのだ

十二月のある夜

十二月のある夜　金のことで
ホテルのマダムを詩人が訪ねた
マダムはそっぽを向いて言った
お金のことなんて
詩人らしくもないことです
俗人の口にするみたいなことを
詩人がおっしゃるもんじゃないですよ
お金に用のないのが詩人なんで

詩人は貧乏であってこそ
光を放ち尊敬もされるんです
詩人はそこでかっとなり
借りに来たことも忘れてしまって
また一段と光を添えていた

表札

ぼくの一家が月田さんのお宅に
御厄介になってまもなくのことなんだ
郵便やさんから叱られてはじめて
自分の表札というものを
門の柱にかかげたのだ
表札は手製のもので
自筆のペン字の書体を拡大し

念入りにそれを浮彫りにしたのだ
ぼくは時に石段の下から
ふり返って見たりして街へ出かけたのだ
ところがある日ぼくは困って
表札を取り外さないではいられなかった
ぼくのにしてはいささか
豪華すぎる表札なんで
家主の月田さんがいかにも
山之口貘方みたいに見えたのだ

月見草談義

昼間の明るいうちは眼をつむり
昨日の花もみすぼらしげに
萎びてねじれたほそい首を垂れ

いまが真夜なかみたいな風情をして
陽の照るなかをうつらうつら
夢から夢を追っているのだ
やがて日暮れになると朝が来たみたいに
露の気配でめをさますのか
ぽっかりと蕾をひらいて身ぶるいし
身ぶるいをしてはぽっかりと
黄色い蕾をひらくのだが
真夜なかともなれば一斉にめざめていて
真昼顔して生きる草なのだ
ぼくはそれでその月見草のことを
梟みたいな奴だと云うのだが
うちの娘に云わせると
パパみたいな奴なんだそうな

頭をかかえる宇宙人

青みがかったまるい地球を
眼下にとおく見おろしながら
火星か月にでも住んで
宇宙を生きることになったとしてもだ
いつまで経っても文なしの
胃袋付の宇宙人なのでは
いまに木戸からまた首がのぞいて
米屋なんです　と来る筈なのだ
すると女房がまたあわてて
お米なんだがどうします　と来る筈なのだ
するとぼくはまたぼくなので
どうしますもなにも
配給じゃないか　と出る筈なのだ

すると女房がまた角を出し
配給じゃないかもなにもあるものか
いつまで経っても意気地なしの
文なしじゃないか　と来る筈なのだ
そこでぼくがついまた
かっとなって女房をにらんだとしてもだ
地球の上での繰り返しなので
月の上にいたって
頭をかかえるしかない筈なのだ

祟り

ひとたび生れて来たからには
もうそれでおしまいなのだ
たとえ仏になりすまして

あの世のあたりに生きるとしたところで
かかりのかからないあの世はないのだ
棺桶だってさることながら
おとむらいだのお盆だの
お寺のおつきあいだのなんだのとかかって
あの世もこの世もないのでは
はじまらないからおしまいなのだ
金はすでにこの世の生を引きずり廻し
あの世では死を抱きすくめ
仏の道にまでつきまとい
人間くさくどこにでも祟ってくるのだ
たとえまずしい仏の住む墓が
みみずのすぐお隣りに建ったとしても
ロハってことはない筈なのだ

鼻

その鼻がいいのだ
と答えたところ
鼻はあわてて
掌に身をかくした

牛とまじない

のうまくざんまんだばざらだんせんだ
まかろしやだそわたようんたらたかんまん
ぼくは口にそう唱えながら
お寺を出るとすぐその前の農家へ行った
そこで牛の手綱を百回さすって

また唱えながらお寺に戻った
お寺ではまた唱えながら
本堂から門へ門から本堂へと
石畳の上を繰り返し往復しては
合掌することまた百回なのであった
もう半世紀ほど昔のことなのだが
父は当時死にそこなって
三郎のおかげでたすかったと云った
牛をみるといまでも
文明を乗り越えておもい出すが
またその手綱でもさすって
きのこ雲でも追っ払ってみるか
のうまくざんまんだばざらだんせんだ
まかろしやだそわたようんたらたかまん

底を歩いて

なんのために
生きているのか
裸の跣で命をかかえ
いつまで経っても
社会の底にばかりいて
まるで犬か猫みたいじゃないかと
ぼくは時に自分を罵るのだが
人間ぶったぼくのおもいあがりなのか
猫や犬に即して
自分のことを比べてみると
いかにも人間みたいに見えるじゃないか
犬や猫ほどの裸でもあるまいし
一応なにかでくるんでいて

なにかを一応はいていて
用でもあるみたいな
眼をしているのだ

島

おねすとじょんだの
みさいるだのが
そこに寄って
宙に口を向けているのだ
極東に不安のつづいている限りを
そうしているのだ
とその飼い主は云うのだが
島はそれでどこもかしこも
金網の塀で区切られているのだ

人は鼻づらを金網にこすり
右に避けては
左に避け
金網に沿うて行っては
金網に沿って帰るのだ

雲の上

たった一つの地球なのに
いろんな文明がひしめき合い
寄ってたかって血染めにしては
つまらぬ灰などをふりまいているのだが
自然の意志に逆ってまでも
自滅を企てるのが文明なのか
なにしろ数ある国なので

もしも一つの地球に異議があるならば
国の数でもなくする仕組みの
はだかみたいな普遍の思想を発明し
あめりかでもなければ
それんでもない
にっぽんでもなければどこでもなくて
どこの国もが互に肌をすり寄せて
地球を抱いて生きるのだ
なにしろ地球がたった一つなのだ
もしも生きるには邪魔なほど
数ある国に異議があるならば
生きる道を拓くのが文明で
地球に替るそれぞれの自然を発明し
夜ともなれば月や星みたいに
あれがにっぽん
それがそれん

こっちがあめりかという風にだ
宇宙のどこからでも指さされては
まばたきしたり
照ったりするのだ
いかにも宇宙の主みたいなことを云い
かれはそこで腰をあげたのだが
もういちど下をのぞいてから
かぶった灰をはたきながら
雲を踏んで行ったのだ

正月と島

つかっている言葉
それは日本語で
つかっている金

それはドルなのだ
日本みたいで
そうでもないみたいな
あめりかみたいで
そうでもないみたいな
つかみどころのない島なのだ
ところでさすがは
亜熱帯の島
雪を知らないこの風土は
むかしながらの沖縄で
元旦のパーティーに
扇風機のサービスと来た

島での話

来たぞ　くろいのが
とそう云えば
女たちはもちろんのこと
こども達までがあわてふためいて
一目散に逃げたものだと云う
それでそれとすぐにわかるような
いかにもくろい男の子なのだが
くろいのが来たぞと云えば
その子までもあわてて
みんなといっしょに
一目散だと云うのだ

沖縄風景

そこの庭ではいつでも

軍鶏《タウチー》たちが血に飢えているのだ
タウチー達はそれぞれの
ミーバーラーのなかにいるのだが
どれもが肩を怒らしていて
いかにも自信ありげに
闘鶏のその日を待ちあぐんでいるのだ
赤嶺家の老人《タンメー》は朝のたんびに
煙草盆をぶらさげては
縁先に出て坐り
庭のタウチー達の機嫌をうかがった
この朝もタンメーは縁先にいたのだが
煙管がつまってしまったのか
ぽんとたたいたその音で
タウチー達が一斉に
ひょいと首をのばしたのだ

（ミーバーラーは養鶏用の籠）

たぬき

てんぷらの揚滓それが
たぬきそばのたぬきに化け
たぬきうどんの
たぬきに化けたとしても
たぬきは馬鹿に出来ないのだ
たぬきそばはたぬきのおかげで
てんぷらそばの味にかよい
たぬきうどんはたぬきのおかげで
てんぷらうどんの味にかよい
たぬきのその値がまたたぬきのおかげで
てんぷらよりも安あがりなのだ

ところがとぼけたそば屋じゃないか
たぬきはお生憎さま
やっていないんですなのに
てんぷらでしたらございますなのだ
それでぼくはいつも
すぐそこの青い暖簾を素通りして
もう一つ先の
白い暖簾をくぐるのだ

雲の下

ストロンチウムだ
ちょっと待ったと
ぼくは顔などしかめて言うのだが
ストロンチウムがなんですかと

女房が睨み返して言うわけなのだ
時にはまたセシウムが光っているみたいで
ちょっと待ったと
顔をしかめないではいられないのだが
セシウムだってなんだって
食わずにいられるもんですかと
女房が腹を立ててみせるのだ
かくて食欲は待ったなしなのか
女房に叱られては
眼をつむり
カタカナまじりの現代を食っているのだ
ところがある日ふかしたての
さつまの湯気に顔を埋めて食べていると
ちょっとあなたと女房が言うのだ
ぼくはまるで待ったをくらったみたいに
そこに現代を意識したのだが

無理してそんなに
食べなさんなと言うのだ

貘

悪夢はバクに食わせろと
むかしも云われているが
夢を食って生きている動物として
バクの名は世界に有名なのだ
ぼくは動物博覧会で
はじめてバクを見たのだが
ノの字みたいなちっちゃなしっぽがあって
鼻はまるで象の鼻を短かくしたみたいだ
ほんのちょっぴりタテガミがあるので
馬にも少しは似ているけれど

豚と河馬とのあいのこみたいな図体だ
まるっこい眼をして口をもぐもぐするので
さては夢でも食っていたのだろうかと
餌箱をのぞけばなんとそれが
夢ではなくてほんものの
果物やにんじんなんか食っているのだ
ところがその夜ぼくは夢を見た
飢えた大きなバクがのっそりあらわれて
この世に悪夢があったとばかりに
原子爆弾をぺろっと食ってしまい
水素爆弾をぺろっと食ったかとおもうと
ぱっと地球が明かるくなったのだ

芭蕉布

上京してからかれこれ
十年ばかり経っての夏のことだ
とおい母から芭蕉布を送って来た
芭蕉布は母の手織りで
いざりばたの母の姿をおもい出したり
暑いときには芭蕉布に限ると云う
母の言葉をおもい出したりして
沖縄のにおいをなつかしんだものだ
芭蕉布はすぐに仕立てられて
ぼくの着物になったのだが
ただの一度もそれを着ないうちに
二十年も過ぎて今日になったのだ
もちろん失くしたのでもなければ

着惜しみをしているのでもないのだ
出して来たかとおもうと
すぐにまた入れるという風に
質屋さんのおつき合いで
着ている暇がないのだ

基地日本

ある国はいかにも
現実的だ
歯舞・色丹を日本に
返してもよいとは云うものの
つかんだその手はなかなか離さないのだ
国後・択捉だってもともと
日本の領土とは知りながらも

返せと云えばたちまちいきり立って
非現実的だと白を切るのだ
ある国はまた
もっと現実的なのだ
奄美大島を返しては来たのだが
要らなくなって返したまでのこと
つかんだままの沖縄については
プライス勧告を仕掛けたりするなどが
現実的ではないとは云えないのだ
踏みにじられた
日本
北に向いたり南に向いたりして
夢をもがいているのだが
吹出物ばかりが現実なのか
あちらにもこちらにも
吹き出す吹出物

舶来の
基地それなのだ

不沈母艦沖縄

守礼の門のない沖縄
崇元寺のない沖縄
がじまるの木のない沖縄
梯梧の花の咲かない沖縄
那覇の港に山原船のない沖縄
在京三〇年のぼくのなかの沖縄とは
まるで違った沖縄だという
それでも沖縄からの人だときけば
守礼の門はどうなったかとたずね
崇元寺はどうなのかとたずね

がじまるや梯梧についてたずねたのだ
まもなく戦禍の惨劇から立ち上り
傷だらけの肉体を引きずって
どうやら沖縄が生きのびたところは
不沈母艦沖縄だ
いま八〇万のみじめな生命達が
甲板の片隅に追いつめられていて
鉄やコンクリートの上では
米を作るてだてもなく
死を与えろと叫んでいるのだ

歯車

靴にありついて
ほっとしたかとおもうと

ずぼんがぼろになっているのだ
ずぼんにありついて
ほっとしたかとおもうと
上衣がぼろぼろになっているのだ
上衣にありついて
ほっとしたかとおもうと
もとに戻ってまた
ぼろ靴をひきずって
靴を探し廻っているのだ

処女詩集

「思辨の苑」というのが
ぼくのはじめての詩集なのだ
その「思辨の苑」を出したとき

女房の前もかまわずに
こえはりあげて
ぼくは泣いたのだ
あれからすでに十五、六年も経ったろうか
このごろになってまたそろそろ
詩集を出したくなったと
女房に話しかけてみたところ
あのときのことをおぼえていやがって
詩集を出したら
また泣きなと来たのだ

羊

食うや食わずの
荒れた生活をしているうちに

人相までも変って来たのだそうで
ぼくの顔は原子爆弾か
水素爆弾みたいになったのかとおもうのだが
それというのも地球の上なので
めしを食わずにはいられないからなのだ
ところが地球の上には
死んでも食いたくないものがあって
それがぼくの顔みたいな
原子爆弾だの水素爆弾なのだ
こんな現代をよそに
羊は年が明けても相変らずで
角はあってもそれは渦巻にして
紙など食って
やさしい眼をして
地球の上を生きているのだ

年越の詩《うた》

詩人というその相場が
すぐに貧乏と出てくるのだ
ざんねんながらぼくもぴいぴいなので
その点詩人の資格があるわけで
至るところに借りをつくり
質屋ののれんもくぐったりするのだ
書く詩も借金の詩であったり
詩人としてはまるで
貧乏ものとか借金ものとか
質屋ものとかの専門みたいな
詩人なのだ
ぼくはこんなぼくのことをおもいうかべて
火のない火鉢に手をかざしていたのだが

ことしはこれが
入れじまいだとつぶやきながら
風呂敷包に手をかけると
恥かきじまいだと女房が手伝った

柄にもない日

ぼくはその日
借りを返したのだが
ぼくにしては似てもつかない
まちがったことをしたみたいな
柄にもない日があるものだ
だから鬼までがきまりわるそうにして
ぼくの返したその金をうけとりながら
おかげでたすかったと

礼をのべるのだ

鮪に鰯

鮪の刺身を食いたくなったと
人間みたいなことを女房が言った
言われてみるとついぼくも人間めいて
鮪の刺身を夢みかけるのだが
死んでもよければ勝手に食えと
ぼくは腹だちまぎれに言ったのだ
女房はぷいと横にむいてしまったのだが
亭主も女房も互に鮪なのであって
地球の上はみんな鮪なのだ
鮪は原爆を憎み
水爆にはまた脅やかされて

腹立ちまぎれに現代を生きているのだ
ある日ぼくは食膳をのぞいて
ビキニの灰をかぶっていると言った
女房は箸を逆さに持ちかえると
焦げた鰯のその頭をこづいて
火鉢の灰だとつぶやいたのだ

萎びた約束

結婚したばかりの若夫婦の家なので
お気の毒とはおもいながらも
二カ月ほどのあいだをと
むりにたのんでぼくの一家を
この家の六畳の間においてもらったのだ
若夫婦のところにはまもなくのこと

女の子が生れたので
ぼくのところではほっとしたのだ
つぎに男の子が生れて
ぼくのところではまたほっとしたのだ
現在になってはそのつぎのが
まさに生れようとしているので
ぼくのところではそのうちに
またまたほっとすることになるわけなのだ
それにしてもなんと
あいだのながい二カ月なのだ
すでに五年もこの家のお世話になって
萎びた約束を六畳の間に見ていると
このまま更にあとなんねんを
ぷらすのお世話になることによって
いこおる二カ月ほどになるつもりなのかと
ぼくのところではそのことばかりを

考えないでは一日もいられないのだが
いつ引越しをするのかとおもうと
お金のかかる空想になってしまって
引越してみないことには解けないのだ

編棒

近所で噂の例のふたりが
そこにいてバスを待っているのだ
和製の女にしては大柄の女で
舶来の男にしてはまたこれが
まことに小柄の男なのだ
ふたりは向き合って立っているのだが
女はガムをかみかみ
編物に手をうごかしているところで

男はそれを見い見い
ガムをかんでいるところなのだ
しかしなかなか
バスは来なかった
そのうちに編棒の一本が落っこちて
ふたりは顔を見合わせたのだが
大柄の和製がその足もとを指さしたので
小柄の舶来は背をこごめたのだ

蕪の新香

見おぼえのある顔だとおもっていると
芹田ですと来たのでわかったのだ
かれはいつぞや原稿の催促に
ぼくのところを訪ねて来たのだ

ぼくのところでは生憎と
なんにもない日ばかりがつづいていたので
来客のたんびに夫婦してまごついたのだ
それでもお茶のかわりにと
白湯を出してすすめ
お茶菓子のかわりに
蕪の新香を出してすすめたのだ
かれはしかし手もつけなかった
いかにも見ぬふりをしているみたいに
そこにかしこまってかたくなっているのだ
足をくずしてお楽にとすすめると
これが楽ですとひざまずいているのだ
蕪の新香はきらいなのかときくと
こっくりに素直さが漂った
ぼくは今日の街なかで
かれに逢ったことを手みやげにして

芹田君に逢ったと女房に伝えたのだが
女房にはすぐには通じなかった
蕪の新香のきらいなと言うと
ああの芹田さんかとうなずいたのだ

鹿と借金

山の手のでぱあとの一角に
珈琲の店を経営しているとかで
うまい珈琲を
ごちそうしたいとかれは言った
岬の方には釣舟をもっているとかで
釣へも案内したいとかれは言った
なかでも自慢なのは鉄砲とかで
いずれそのうちに

鹿を射止め
鹿の料理をごちそうしたいとかれは言った
ぼくはかれに逢うたんびに
いまにもそこに出て来そうな
鹿だの釣だの珈琲だのをたのしみにして
かれの顔をのぞいては
まだかとおもったりしないではいられなかった
ところがどうにも仕方のないことがあって
ぼくはついかれに
金を借りてしまったのだ
そのかわりみたいにそれっきり
ごちそうの話がひっこんでしまって
金の催促ばかりが出てくるのだ

右を見て左を見て

ミミコのことを
おつかいに出すたんびに
右を見て左を見てと
念をおすのだが
家のすぐまんまえが通りになっている
あめりかさんの自動車の
往ったり来たりがひんぱんなのだ
通りを右へ行くと
石神井方面で
かれらの部落がその先にあるというのだ
左は目白廻りで
都心へ出るのだ
ミミコは買いもの籠をかかえて

いつでもそこのところで立ち止るのだが
右を見て左を見てまた右を見て
それからそこの通りを
まっすぐに突っ切るのだ

告別式

金ばかりを借りて
歩き廻っているうちに
ぼくはある日
死んでしまったのだ
奴もとうとう死んでしまったのかと
人々はそう言いながら
煙を立てに来て
次々に合掌してはぼくの前を立ち去った

こうしてあの世に来てみると
そこにはぼくの長男がいて
むくれた顔して待っているのだ
なにをそんなにむっとしているのだときくと
お盆になっても家からの
ごちそうがなかったとすねているのだ
ぼくはぼくのこの長男の
頭をなでてやったのだが
仏になったものまでも
金のかかることをほしがるのかとおもうと
地球の上で生きるのとおなじみたいで
あの世も
この世もないみたいなのだ

事故

裏の畑途の方から
背の高いのと
パンパンらしいのとが出て来た
道理でそこに
自動車があった
家に帰ると
帰りを待っていたみたいに
女房がその日の出来事を告げた
いましがた
裏の子が
あめりかの自動車に
跳ね飛ばされたというのだ

がじまるの木

ぼくの生れは琉球なのだが
そこには亜熱帯や熱帯の
いろんな植物が住んでいるのだ
がじまるの木もそのひとつで
年をとるほどながながと
気根《ひげ》を垂れている木なのだ
暴風なんぞにはつよい木なのだが
気立てのやさしさはまた格別で
木のぼりあそびにくるこどもらの
するがままに
身をまかせたりしていて
孫の守りでもしているような
隠居みたいな風情の木だ

耳と波上風景

ぼくはしばしば
波上《なんみん》の風景をおもい出すのだ
東支那海のあの藍色
藍色を見おろして
巨大な首を据えていた断崖
断崖のむこうの
慶良間島
芝生に岩かげにちらほらの
浴衣や芭蕉布の遊女達
ある日は龍舌蘭や阿旦など
それらの合間に
とおい水平線

くり舟と
山原船の
なつかしい海
沖縄人のおもい出さずにはいられない風景
ぼくは少年のころ
耳をわずらったのだが
あのころは波上に通って
泳いだりもぐったりしたからなのだ
いまでも風邪をひいたりすると
わんわん鳴り出す
おもい出の耳なのだ

影

泡盛屋に来て

泡盛を前にしているところを
うしろからぽんと
肩をたたかれた
ふりむいてみるとまたかれなのだが
いつぞや駅前のひろばで
ぽんと肩をたたいたのもかれ
満員電車の吊皮の下で
ぽんと肩をたたいたのもかれで
乗ったり歩いたり飲んだりも
うっかりは出来なくなってしまったのだ
かれはいつでもぼくのことを
うしろからばかり狙って来て
ぽんと肩をたたいては
ひとなつっこそうなまなざしをして
このあいだのあの金
いつ返すんだいとくるのだ

ぼすとんばっぐ

ぼすとんばっぐを
ぶらさげているので
ミミコはふしぎな顔をしていたが
いつものように
手を振った
いってらっしゃあいと
手を振った
ぼくもまたいつものように
いってまいりまあすとふりかえったが
まもなく質屋の
門をくぐったのだ

深夜

これをたのむと言いながら
風呂敷包にくるんで来たものを
そこにころがせてみせると
質屋はかぶりを横に振ったのだ
なんとかならぬかとたのんでみるのだが
質屋はかぶりをまた振って
おあずかりいたしかねるとのことなのだ
なんとかならぬものかと更にたのんでみると
質屋はかぶりを振り振りして
いきものなんてのはどうにも
おあずかりいたしかねると言うのだ
死んではこまるので
お願いに来たのだと言うと

質屋はまたまたかぶりを振って
いきものなんぞおあずかりしたのでは
餌代にかかって
商売にならぬと来たのだ
そこでどうやらぼくの眼がさめた
明りをつけると
いましがたそこに
風呂敷包からころがり出たばかりの
娘に女房が
寝ころんでいるのだ

博学と無学

あれを読んだか
これを読んだかと

さんざん無学にされてしまった揚句
ぼくはその人にいった
しかしヴァレリーさんでも
ぼくのなんぞ
読んでない筈だ

船

文明諸君
地球ののっかる
船をひとつ
なんとか発明出来ないことはないだろう
すったもんだのこの世の中から
地球をどこかへ
さらって行きたいじゃないか

借金を背負って

借りた金はすでに
じゅうまんえんを越えて来た
これらの金をぼくに
貸してくれた人々は色々で
なかには期限つきの条件のもあり
いつでもいいよと言ったのもあり
あずかりものを貸してあげるのだから
なるべく早く返してもらいたいと言ったのや
返すなんてそんなことなど
お気にされては困ると言うのもあったのだ
いずれにしても
背負って歩いていると

重たくなるのが借金なのだ
その日ぼくは背負った借金のことを
じゅうまんだろうがなんじゅうまんえんだろうが
一挙に返済したくなったような
さっぱりとしたい衝動にかられたのだ
ところが例によって
その日にまた一文もないので
借金を背負ったまま
借りに出かけたのだ

その日その時

その日その時
とるものもとりあえず
ふたりは戸外に

飛び出してしまったのだ
それでもかれはかれの
ヴァイオリンだけはかかえていた
ぼくはぼくの
よごれ切ったずっくの
手提の鞄をひとつかかえていたのだが
鞄のなかにはいっぱい
書き溜めた詩がつまっていた
こんな記憶を
いつまでものせて
九月一日の
地球がゆれていた

沖縄よどこへ行く

蛇皮線の島
泡盛の島
詩の島
踊りの島
唐手の島

パパイヤにバナナに
九年母などの生る島

蘇鉄や龍舌蘭や榕樹の島
仏桑花や梯梧の真紅の花々の
焔のように燃えさかる島

いま　こうして郷愁に誘われるまま
途方に暮れては

また一行ずつ
この詩を綴るこのぼくを生んだ島

いまでは琉球とはその名ばかりのように
むかしの姿はひとつとしてとめるところもなく
島には島とおなじぐらいの
舗装道路が這っているという
その舗装道路を歩いて
琉球よ
沖縄よ
こんどはどこへ行くというのだ

おもえばむかし琉球は
日本のものだか
支那のものだか
明っきりしたことはたがいにわかっていなかったという

ところがある年のこと
台湾に漂流した琉球人たちが
生蕃のために殺害されてしまったのだ
そこで日本は支那に対して
まずその生蕃の罪を責め立ててみたのだが
支那はそっぽを向いてしまって
生蕃のことは支那の管するところではないと言ったのだ
そこで日本はそれならばというわけで
生蕃を征伐してしまったのだが
あわて出したのは支那なのだ
支那はまるで居なおって
生蕃は支那の所轄なんだと
こんどは日本に向ってそう言ったと言うのだ
すると日本はすかさず
更にそれならばと出て
軍費償金というものや被害者遺族の撫恤金とかいうものなどを

支那からせしめてしまったのだ
こんなことからして
琉球は日本のものであるということを
支那が認めることになったとかいうのだ
それからまもなく
廃藩置県のもとに
ついに琉球は生れかわり
その名を沖縄県と呼ばれながら
三府四十三県の一員として
日本の道をまっすぐに踏み出したのだ
ところで日本の道をまっすぐに行くのには
沖縄県の持って生れたところの
沖縄語によっては不便で歩けなかった
したがって日本語を勉強したり
あるいは機会あるごとに
日本語を生活してみるというふうにして

沖縄県は日本の道を歩いて来たのだ
おもえば廃藩置県この方
七十余年を歩いて来たので
おかげでぼくみたいなものまでも
生活の隅々まで日本語になり
めしを食うにも詩を書くにも泣いたり笑ったり怒ったりするにも
人生のすべてを日本語で生きて来たのだが
戦争なんてつまらぬことなど
日本の国はしたものだ

それにしても
蛇皮線の島
泡盛の島
沖縄よ
傷はひどく深いときいているのだが
元気になって帰って来ることだ

蛇皮線を忘れずに
泡盛を忘れずに
日本語の
日本に帰って来ることなのだ

税金のうた

地球のうえを
ぼくは夢中で飛び廻った
税金ならばかかって来ないほど
ぼくみたいなものにはありがたいみたいで
かかって来てもなるべく
税金というのはかるいほど
誰もの理想に叶っているのではなかろうかと
ぼくはそのようにおもいながらも

免税を願っているのでもなければ
差押えなんぞくらいたいほどの
物のある身でもないのだ
ぼくは自分の家庭に
納めなくてはならない筈の生活費でさえも
現在まさに滞りがちなところ
税金だけは借りてもなんとか納めたいものと
地球のうえを
金策に飛び廻った
ところが至るところに
ぼくは前借のある身なのであったのだ
いま地球の一角に
空しく翼をやすめ
どんな風にして税金を納めるかについてぼくは考えているところなのだ
文化国家よ
耳をちょいと貸してもらいたい

ぼくみたいな詩人が詩でめしの食えるような文化人になるまでの間を
国家でもって税金の立替えの出来るくらいの文化的方法はないものだろう
か

たねあかし

この日　一家を引き連れて
疎開地から東京に移り
練馬の月田家に落ちついた
ミミコはあたりを見廻していたのだが
ふたばんとまったらまたみんなで
いなかのおうちへ
かえるんでしょときくのだ
ぼくはかぶりを横に振ったのだが
疎開当時のぼくはいかにも

鉄兜などをかむってはたびたび
二晩泊りの上京をしたものだ
ミミコはやがて庭の端から戻ったのだが
とうきょのおにわってどこにも
はきだめなんか
ないのかしらと来たのだ
ぼくはあわてて腰をあげてしまい
田舎の庭の一隅をおもい出しながら
おしっこだろときけばずばり
こっくりと来てすまし顔だ

利根川

水はすでにその流域の
田畑を犯して来たからなのであろう

あちらにかたまり
こちらにかたまりして
藁屑や塵芥がおしながされて来た
藁屑や塵芥にはおびただしいほどの
いなごの群がしがみついて来た
鉄橋はまるでその高さを失ってしまって
かれらの小さな三角頭でさえもが
いまにもあやうくぶつかりそうなのか
そこにさしかかっては
飛沫をあげるみたいに
いなごの群が一斉に舞いあがった

親子

大きくみひらいたその眼からして

ミミコはまさに
この父親似だ
みればみるほどぼくの顔に
似てないものはひとつもないようで
鼻でも耳でもそのひとつびとつが
ぼくの造作そのままに見えてくるのだ
ただしかしたったひとつだけ
ひそかに気を揉んでいたことがあって
歩き方までもあるいはまた
父親のぼくみたいな足どりで
いかにももつれるみたいに
ミミコも歩き出すのではあるまいかと
ひそかにそのことを気にしていたのだ
まもなくミミコは歩き出したのだが
なんのことはない
よっちよっちと

手の鳴る方へ
まっすぐに地球を踏みしめたのだ

相子

どさくさまぎれの汽車にのっていて
ぼくは金入を掏られたのだ
掏られてふんがいしていると
ふんがいしているじぶんのことが
おかしくなってふき出したくなって来た
まあそうふんがいしなさんなと
とんまな自分に言ってやりたくなったのだ
もっとも金入にいれておくほどの
お金なんぞはなかったが
金入のなかはみんなの名刺ばかりで

はち切れそうにふくらんでいたのだ
いまごろは掏った奴もまた
とんまな顔つきをして
名刺ばかりのつまった金入に
ふんがいしているのかも知れないのだ
奴はきっと
鉄橋のうえあたりに来て
そっとその金入を
窓外に投げ棄てたのかも知れないのだ

島からの風

そんなわけでいまとなっては
生きていることが不思議なのだと
島からの客はそう言って

戦争当時の身の上の話を結んだ
ところで島はこのごろ
どんなふうなのだときくと
どんなふうもなにも
異民族の軍政下にある島なのだ
息を喘いでいることに変りはないのだが
とにかく物資は島に溢れていて
贅沢品でも日常の必需品でも
輸入品でないものはないのであって
花や林檎やうなぎまでが
飛行機を乗り廻し
空から島に来るのだと言う
客はそこでポケットに手をいれたのだが
これはしかし沖縄の産だと
たばこを一個ぽんと寄越した

桃の木

時間　時間になると
爺さんごはんです
婆さんごはんですとこえがかかり
ふたりの膝元にはそれぞれの
古びた膳が運ばれて来るのだ
膳はいつもとぼけていた
米のごはんの外にも
思想の自由
言論の自由というような
あぶれげえるとかものっかってはいるのだが
なんのかんのと言えばすぐにも
だまって食ってろとやられる仕組みの
配給だけがのっかっているのだ

爺さん婆さんはだまって
その日その日の膳にむかい
どこまで生きるかを試めされているみたいに
配給をこづいてはそれを食うのだ
ある日の朝のことなのだ
膳になるにはまだ早かった
庭には桃の花が咲いていた
爺さんも婆さんも庭へおりると
腰の曲りをのばしたりしていたのだが
天に向って欠伸をした

不忍池

池をたずねて来たのだが
芝生のうえにぼくは見たのだ

このまっぴるまかれらはそこにいて
まるでもう舶来みたいに
これ見よがしの接吻をした
ひとりは角帽
ひとりは緑の服なのだ
池はすでに戦争のおかげで
代用の田圃になりかわっていたのだが
接吻の影など映すてだてもなく
田圃のまんまひからびているのだ
そこを出ると
出たところには
わずかばかりの水がにじんでいて
そこより外には行きどころもないのか
腹をひっくりかえして
ボートの群が飢えているのだ

かれの戦死

風のたよりにかれの
戦死をぼくは耳にしたのだが
まぐれあたりの
弾丸よりも
むしろ敗戦そのことのなかに
かれの自決の血煙りをおもいうかべた
かれはふだん
ぼくなどのことを
おどかすのではなかったのだが
大君の詩という詩集を出したり
あるいはまた
ぼくなどのことを
なめてまるめるのでもなかったのだが

天皇は詩だと叫んだりしていたので
愛刀にそそのかされての
自害なのではあるまいか

巴

おまえのお供はつらいと言うと
んじゃこうやってまってでよと来て
ミミコは鼻をつまんでみせるのだ
そこでぼくは鼻をつまんで
おおくちゃいと言ったところ
うそだいミミコのなんか
くちゃいんじゃないやと言うのだ
ミミコのうんこでもごめんだと言うと
かあさんなんかいつだって

おおいいにおいって
いうんだもんと来たのだ
いうんだもんと来たのだが
失礼なことを言うかあさんだ
いつでも鼻をつまんでしまうくせに
そしてそのまたはなごえで
おおいいにおいって言うからだ

常磐線風景

ぶらさがっている奴
しがみついている奴
屋根のへんにまでへばりついている奴
奴らはみんなそこにせり合って
色めき光り生きてはいるのだが

どの生き方も
いのちまる出しの
出来合いばかりの
人間なのだ
汽車は時に
奴らのことを
乗せてはみるが振り落して行った
線路のうえにところがる奴
田圃のなかへとめりこんでしまう奴
時にはまた
まるめられて
利根川の水に波紋となる奴

ある医師

銀座でいきなり
こえかけられて
お茶のごちそうにあずかり
巻たばこなんぞすすめられたりして
すっかりこちらが恐縮していると
こんどは名刺を
差し出された
なにかのときには是非どうぞと云うのだ
みると名刺には
医師とあった
ぼくはひそかにかれの
医専時代を知っていた
なんども繰り返し落第していたのだが

もうその心配もなくなったのか
医師はいかにもせいせいと
そこに社会を
まるめるみたいにして
生えたばかりの
鼻ひげをつけていた

編上靴

それらの絵をとんちゃんが
一々指さしてきくと
ミミコがそれに答えて言った
これはときくと
ボウシ
それはときくと

ウサギ
これはときくと
タイコ
それはときくと
ヒヨコ
これはときくと
オクツ
そこでとんちゃんがミミコに
よしそれじゃそのお靴
なんという靴なんだいときくと
小首をかしげてつまったか
ミジカナガグツと言ってのけた

初夢

ことしこそはと
ぼくのみる夢
柿板葺の家を建てる夢
ひとまをこどもと女房の部屋に
ひとまはぼくの仕事部屋
ふたまもあれば沢山の
ぼくの家を建てる夢
生きたり死んだりをそこで
繰り返そうと
七坪ほどの
家を建てる夢
ことしこそはと
みるのだが
坪一万にみたところで
七万はかかる夢

蠅

ぼくらのことをこの土地では
疎開　疎開で呼び棄てるのだ
炭屋にいるのが
すみや疎開
卵屋にいるのが
たまごや疎開
前の家のがまえの疎開
裏の家のがうらの疎開
ぼくの一家もまたうちそろって
安田家の背中にすがっているものだから
やすだ疎開と呼び棄てるのだ
いずれはみんなこの土地を
追っぱらわれたり飛び立ったりの

下駄ばき靴ばきの
蠅なのだ
ぼくらはこの手を摺り摺りするが
天にむかって
気を揉み合っているのだ

闇と㊣

さつまをもらい
ねぎをもらい
たばこのはっぱをなんまいだか
もらったこともたしかなのだが
もらいに行って
もらって来たのではなかったのだ
疎開はまったく気の毒でなあとか言って

百姓が裏口からのぞいては
食えと出すのでそれをもらい
のぞいてはまたそれを
吸えと出すのでもらったのだ
こんなことからのおつきあいで
女房と僕のとを合わせて百五拾円
その百姓に貸してあげたのだ
百姓はまもなく借りを返しに来たのだが
お米でとってくれまいかと
一升枡きっかりの
闇をそこに置いた
貸したお金は㋬なのだが

ヤマグチイズミ

きけば答えるその口もとには
迷い子になってもその子がすぐに
戻って来る筈の仕掛がしてあって
おなまえはときけば
ヤマグチイズミ
おかあさんはときけば
ヤマグチシズエ
おとうさんはときけば
ヤマグチジュウサブロウ
おいくつときけば
ヨッツと来るのだ
ところがこの仕掛おしゃまなので
時には土間にむかって
オーイシズエと呼びかけ
時には机の傍に寄って来て
ジュウサブロウヤとぬかすのだ

ミミコの独立

とうちゃんの下駄なんか
はくんじゃないぞ
ぼくはその場を見て言ったが
とうちゃんのなんか
はかないよ
とうちゃんのかんこをかりてって
ミミコのかんこ
はくんだ　と言うのだ
こんな理屈をこねてみせながら
ミミコは小さなそのあんよで
まな板みたいな下駄をひきずって行った
土間では片隅の

かますの上に
赤い鼻緒の
赤いかんこが
かぼちゃと並んで待っていた

ミミコ

おちんちんを忘れて
うまれて来た子だ
その点だけは母親に似て
二重のまぶたやそのかげの
おおきな目玉が父親なのだ
出来は即ち茨城県と
沖縄県との混血の子なのだ
うるおいあるひとになりますようにと

その名を泉とはしたのだが
隣り近所はこの子のことを呼んで
いずみこちゃんだの
いみちゃんだの
いみこちゃんだのと来てしまって
泉にその名を問えばその泉が
すまし顔して
ミミコと答えるのだ

縁側のひなた

年を問われると小さなその指を
だまって四つそろえたのだが
お口はないのかなと言うと
口をとんがらかして

よっつと言い
膝の上にのっかって来ては
パパのしらがをぬくんだと言うのだ
いつのまにだかこのパパも
しらがと言われる白いものを
頭のところどころに植えては来たのだが
ミミコがたった四つと来たのでは
四十五歳のパパは大あわて
しらがはすぐに植えつけねばならぬので
ひなたぼっこもなにもあるものか
ミミコをお嫁にやるそのころまでに
白一色の頭に仕上げておいて
この腰なども
ひん曲げておかねばならぬのだ

湯気

白いのらしいが
いつのまに
こんなところにまで
まぎれ込んで来たのやら
股間をのぞいてふとおもったのだ
洗い終ってもう一度のぞいてみると
ひそんでいるのは正に
白いちぢれ毛なんだ
ぼくは知らぬふりをして
おもむろにまた
湯にひたり
首だけをのこして
めをつむった

夢を許す

またそのつぎからも
飛んでくる
そのつぎからも
飛んでくる
むかしの奥の方から
つぎつぎに飛び立って
つばさをひろげて
飛んでくる
美の絶頂を頭上に高く極めながら
つばさをひろげて
飛んでくる
飛んでくるのであるが

飛んでくるまでが夢なのか
飛んできては爆弾
飛んで来てはまた爆弾
いつもそこでとぎれるのだ

立札

かれらはみんな
ひそんでいたのだ
蟻だの蠅だの毛虫だの
蜘蛛だの蛇だの蛙だのとそれぞれが任意の場所に身を構えて
いっせいに季節を呼び合っているのだ
義兄がそろそろまたはじまった
鉢巻をして手製の銛を提げて
うえの畑へと出かけるようになった

今年はまだ一匹も
鼯にやられた奴を見ないが
土龍のやろうはすでにうえの畑を荒しているというのだ
いよいよここらで世の中も
暑くなるばかりになったのか
かれらはみんな
ひそんでいたのだが
緑を慕ってさかんにいろんな姿を地上に現わして来たのだ
隣りの村ではもうその部落の入口に
夏むきなのを一本
おっ立てた
村内の協議に依りとあって
物貰いと
押売りなどの立入りを
お断り致しますとあるのだ

東の家

時計を買っては
時計を買ったと
ラジオを買っては
ラジオを買ったと
長屋を建てては
長屋を建てたと
たのみもしないのにそんなことばかりを
いちいち報告に来るのだが
お米で買ったお米で建てたと
つまりはそれが自慢なのだ
東の家ではその日もまた
お米で仕入れて来たものなのか
島田に結ったひとり娘が

牛馬にゆられながら
花婿さんを仕入れて来た

弁　当

改札口の行列のなかにしゃがんでいて
弁当ひらいている眼の前に
青んぶくれの顔が立ち止まった
ごはんの粒々にくるまった
一本の薩摩芋を彼にあたえて
食べかけているところへまた立ち止まった
戦災孤児か欠食児童なのか
霜降りの服のがふたりなのだ
一本ずつあたえるとひったくるようにして埃のなかへ消え失せた
食べかけるとまた止まった

青んぶくれの先程のだが
見合わせたはずみに目礼を落してそのまま彼はそれてしまった
そこで僕はいそいで
残りのものを食べおわった
思えばたがいに素直すぎて
みすぼらしくなったのか
敗戦国の弁当そのものが
ありのままでも食い足りないのだが

土地　3

住めば住むほど身のまわりが
いろんなヤロウに化けて来るのだ
疎開当時の赤ん坊も
いつのまにやらすっかり

ミミコヤロウになってしまって
つぎはぎだらけのもんぺに
赤い鼻緒の赤いかんこで
いまではこの土地を踏みこなし
鼠を見ると
ネズミヤロウ
猫を見ると
ネコヤロウ
時にはコノヤロバカヤロなどと
おやじのぼくにぬかしたりするのだ
化けないうちにこの土地を
引揚げたいとはおもいながらだ

作　者

ほめてみたり
けなしてみたりの
世間の批評を蒙むるたびごとに
おまえは秤をたのしんだ
あちらの批評と
こちらの作品と

鼻の一幕

かつておまえは見て言った
もしも自分があんなふうに
鼻がかけてしまったら

生きてはいまいとおまえは言った
生きてはいまいとおまえは言ったが
自分の鼻が落ちたとみると
なんとおまえはこう言った
命があれば仕合わせだと言った

命があれば仕合わせだと
おまえは言ったがそれにしても
物のにおいがわかるのか
鼻あるものらがするみたいに
この世を嗅いだり首をかしげたりするのだが

どうやらおまえの出る番だ
いかにも風邪とまぎらわしげに
おまえは顔に仮面をして

生きながらえた命を抱きすくめながら
鼻ある人みたいに登場したのだが
もののはずみかついその仮面を外して
きつねの色だか
たぬきの色か
鼻の廃墟もあらわな姿をして
敗戦国のにおいを嗅いだ

ねずみ

生死の生をほっぽり出して
ねずみが一匹浮彫みたいに
往来のまんなかにもりあがっていた
まもなくねずみはひらたくなった
いろんな

車輪が
すべって来ては
あいろんみたいにねずみをのした
ねずみはだんだんひらたくなった
ひらたくなるにしたがって
ねずみは
ねずみ一匹の
ねずみでもなければ一匹でもなくなって
その死の影すら消え果てた
ある日　往来に出て見ると
ひらたい物が一枚
陽にたたかれて反っていた

兄貴の手紙

大きな詩を書け
大きな詩を
身辺雑記には飽き飽きしたと来た
僕はこのんで小さな詩や
身辺雑記の詩などを
書いているのではないけれど
僕の詩よ
きこえるか
るんぺんあがりのかなしい詩よ
自分の着る洋服の一着も買えないで
月俸六拾五円也のみみっちい詩よ
弁天町あぱあとの四畳半にくすぶっていて
物音に舞いあがっては

まごついたりして
埃みたいに生きている詩よ
兄貴の手紙の言うことがきこえるか
大きな詩になれ
大きな詩に

天から降りて来た言葉

しゃべる僕のこのしゃべり方が
ぼくの詩にそっくりだという
そこで僕が
またしゃべる
なにしろ僕も詩人なので
しゃべるばかりがぼくの詩に似ているのではないのである
ごはんの食べ方

わらい方
ものをかんがえる考え方
こいの仕方
うんこの仕方まで
どれもがまるでぼくの詩なのである
そこでぼくの
詩がおもう
いつまた天にのぼるのかこんな地べたに降りて来た
文語体らにしてみても
かれらが詩になるまでにはどうしても
ひとりぐらいの詩人は要る筈だ
いよいよはげしく立ち騒いでくる文明どもの音に入り混って
なりにけりとか
たりとかと
日常語にまでその文語体らを
生活できる詩人をひとりだ

生きる先々

僕には是非とも詩が要るのだ
かなしくなっても詩が要るし
さびしいときなど詩がないと
よけいにさびしくなるばかりだ
僕はいつでも詩が要るのだ
ひもじいときにも詩を書いたし
結婚したかったあのときにも
結婚したいという詩があった
結婚してからもいくつかの結婚に関する詩が出来た
おもえばこれも詩人の生活だ
ぼくの生きる先々には
詩の要るようなことばっかりで

女房までがそこにいて
すっかり詩の味おぼえたのか
このごろは酸っぱいものなどをこのんでたべたりして
僕にひとつの詩をねだるのだ
子供が出来たらまたひとつ
子供の出来た詩をひとつ

血

斉藤さんは発音した
だんだんだんだんということを
たんたんだんだんと発音した
それは矢張りのやはりのことを
それはやぱりと発音した
学校のことを

かっこう
下駄のことを
けたと発音した
こんな調子で斉藤さんはまずその
ごじぶんの名前の斉藤を
さいどうですと発音した

争えないのは血なのであるが
かなしいまでに生々と
大陸
大海
大空はむろん
たったひとりの人間の舌の端っこでも
血らは既に血を争っていた

斉藤さんは誰に訊かれても決して

ごじぶんの生れた国を言わなかった
言うには言うが
眉間のあたりに皺などよせて
九州です　と発音した

吾家の歌

七坪ほどからはじまったのが
九坪になり十坪になって
いまでは十一坪の設計となったのだ
さてしかしこの吾家
どこに建つのか
いつ建つことなのか
建たないうちは夢なので
どこに建つのやら
いつ建つのやら
科学的には知る手がかりもないのだが
生きているうちには
建てるつもりで

どんなに遅くなるにしても
棺桶よりは先に吾家を
どこかに建てるつもりなのだ

あわてんぼう

朝のごはんのとき　あわてて
あついみそしるで　したをやけどした
「おお　あつい」とさけんだら
おかあさんが　しかめっつらをして
「なにを　そんなにあわてるんです」
といった。

駅まえの　ふみきりのところで
しゃだん機が　おりかけたとき

いそいで　通りぬけようとしたら
横から　おとうさんが
ぎゅっと　えりくびをつかんで
「おっとあぶない　あわてるな」といった。

節分の夜　大きな声をはりあげて
ぼくが　まめまきをしていると
うしろのほうで　みんなのわらい声がした
ふりかえると　にいさんが
「あわてんぼうだなあ
ふくは外　おには内じゃないんだよ
ふくは内　おには外だ」といった。

桜並木

むかしからあまりに
有名な花だ
ぼくといえどもその花が
桜の花だとは知っているのだが
バラ科の木だとは
ついぞ知らなかったのだ
いいかいよくおぼえておきな
かれはそう言いながら
桜並木の花を仰いだ

神楽坂にて

ばくさん
と呼びかけられてふりかえった
すぐには思い出せないひとりの婦人が
子供をおぶって立っていた
しかしまたすぐにわかった
あるビルディングの空室でるんぺん生活にくるまっていた頃の
あのビルの交換手なのであった
でっぷり肥っていた娘だが
背中の子供に割けたのであろう
あの頃のあのでっぷりさや娘さなんかはなくなって
婦人になってそこに立っていた
びっくりしましたよ
あさちゃん　と云うと
婦人はいかにもうれしそうに背中の物を僕に振り向けた
ああ
もうすぐにうちにもこんなかたまりが出来るんだ

僕はそう思いながら
坊やをのぞいてやったりした
しかしその婦人はなにをそんなにいそいだのであろう
いまにおやじになるという
このばくさんに就てのことなんかはそのままここに置き忘れて
ただのひとこともふれて来なかった
婦人はまるで用でも済んだみたいに
　中の物を振り振り
坂の上へと消え去った。

秋の常盤樹

私がなんにも言わないうちに
みんなが言いました

冬は
さむい　と言いました
春は
あったかい　と言いました
夏は
あつい　と言いました
秋は
すずしい　と言いました

ああ
私が
着のみ着のままでいるうちに
もはや
みんな
紅葉です

むかしのお前でないことを

最早むかしのお前でないことを私《わし》は知っている
お前はお前の膝から　春情を彼にやったとのこと
おおお前は私《わし》にヒステリーの男と言うのか

恋の玩具から、平気な微笑でお前は私《わし》の胸に触れてはいけない。お前の瞳の中には五六人の好男子がままごとあそびをやっている……
もう一週間が一月にもなって、
お前の唇と私《わし》の眼との間を、多情と嫉妬のかくれんぼが初まっている
今日用がありますから　と私《わし》との媾曳を拒んでお前が行った夜！
だがあの日お前は何処へ行ったと言うのだ？　そしてあの女をお前でなかったと言うのか
気の毒にお前の唇は大分すりへらされて褪せている
お前の両手は砂のようにさらさらあれている

一体お前はあの女を誰だっと言うのだ？

ああお前の瞳の中にはどんどん石が投げ込まれて、　お前の天水が濁ってしまった。

私《わし》はお前を責めねばならない　私《わし》は彼等を憎んでしまった　私《わし》の眼には燈火《あかり》が見えなくなった。

《解説》神のバトン――人と作品――

高良　勉

山之口貘は、一九〇三(明治三十六)年九月十一日に沖縄県那覇区で生まれた。父山口《やまぐち》重珍《じゅうちん》と母トヨの三男として生まれたので、本名は山口重三郎《じゅうさぶろう》である。兄弟姉妹は、男四名、女三名で、父は第百四十七銀行沖縄支店勤務であった。

一九一〇(明治四十三)年に那覇甲辰《こうしん》尋常小学校に入学。小学校代用教員をしていた長兄重慶《じゅうけい》から絵の手ほどきを受ける。一九一六(大正五)年に小学校を修了するが初恋の人オミトのことが頭から離れず勉強に集中できなくて、沖縄県立第一中学校(現県立首里高校)の受験に失敗した。

翌年、第一中学校に合格。多情多感な中学時代の貘にとって、最大のできごとは女学生・喜屋武《きゃんぐじー》呉勢との恋愛であった。貘は、十五歳で呉勢と許婚《いいなずけ》の間柄になった。しかし、呉勢に対する肉体的欲望を抑圧し続けた結果、極度の神経衰弱に陥り入院、転地療養する。だが療養中、呉勢の心変わりにあい、快方後も詩や絵に夢中になり、学業に身が入らず、落第した。

一九二一(大正十)年に県立一中を退学。呉勢から婚約解消を申し渡される。翌二二(大正十二年に初めて上京した。早稲田戸塚の日本美術学校に籍を置くが一ヵ月でやめた。将来は画家になる夢を持って勉強していたが、約束の父からの送金が上京以来一度もなく、友人の下宿を転々とする。

そのような中で、二三(大正十二)年九月一日の関東大震災にあい、罹災者恩典で帰郷した。貘は山口一家が移住していた八重山まで行った。父は、沖縄産業銀行八重山支店長に転じていた。しかし、鰹節製造業に手を出し、事業に失敗して破産してしまっていた。

貘は、借金の肩代わりに下男奉公する話が持ち上がっていた。そこで、八重山を脱出し、那覇で友人知人の間を転々としたり、海岸や公園に野宿する放浪生活が始まった。だがその那覇の街も住みにくくなった。

家々の
家々の戸口をのぞいて歩くたびごとに
ものもらいよ
街には沢山の恩人が増えました

（ものもらいの話）

その男は
戸をひらくような音を立てて笑いながら
ボクントコヘアソビニオイデヨ
と言うのであった

僕もまた考え考え
東京の言葉を拾いあげるのであった
キミントコハドコナンダ
（晴天）

一九二五（大正十四）年秋、詩稿を抱いて二度目の上京。二十二歳であった。もはや、沖縄には戻らない決意であったという。それは、貘の沖縄時代の終わりを告げるものであった。

ところで、貘の詩集は初めの『思辨の苑』から『定本 山之口貘詩集』まで、新しい詩ほど前にくるように編集されている。したがって、引用した「ものもらいの話」や

「晴天」などは、元の詩集では後ろのほうに置かれていて、この上京の前後の体験を基に書かれていることが分かる。

さて、上京一日目から顰を待っていたのは放浪と野宿の生活であった。一時書籍問屋の発送部に住み込みで働いたが、「その後、職は暖房屋に変り、鍼灸屋に変り、隅田川のダルマ船に乗ったり、汲取屋になったりした」(「私の青年時代」)。そして公園や駅のベンチ、土管、キャバレーのボイラー室、友人の下宿先など、住所不定の放浪生活を続けた。

東京にいて兄さんは犬のようにものほしげな顔しています
そんなことも書かないのです
兄さんは　住所不定なのです
とはますます書けないのです
(妹へおくる手紙)

お国は?　と女が言った
さて　僕の国はどこなんだか　とにかく僕は煙草に火をつけるんだが　刺青と蛇皮線などの連想を染めて　図案のような風俗をしているあの僕の国か!
ずっとむこう

（会話）

アナキストですか
さあ！　と言うと
コムミュニストですか
さあ！　と言うと
ナンですか
なんですか！　と言うと
あっちへ向き直る

（数学）

どうぞおしきなさいとすすめられて
楽に坐ったさびしさよ
土の世界をはるかにみおろしているように
住み馴れぬ世界がさびしいよ

（座蒲団）

またある日
僕は文明をかなしんだ
詩人がどんなに詩人でも　未だに食わねば生きられないほどの
それは非文化的な文明だった
だから僕なんかでも　詩人であるばかりではなくて汲取屋をも兼ねていた
（鼻のある結論）

貘は、放浪生活をしながらこのような傑作を書いていた。また、一方で佐藤春夫や金子光晴・森三千代夫妻、草野心平等を紹介してもらい、親交を結ぶようになった。とりわけ、金子光晴を終生無二の友として敬愛した。

ところで、貘は放浪生活から抜け出し、切実に結婚したいと思っていた。その結果、結婚に関する詩がたくさん作られた。

一日もはやく私は結婚したいのです
結婚さえすれば
私は人一倍生きていたくなるでしょう
かように私は面白い男であると私もおもうのです

面白い男と面白く暮したくなって
私をおっとにしたくなって
せんちめんたるになっている女はそこらにいませんか
（求婚の広告）

その結婚も、金子光晴夫妻が立ち会いで安田静江と見合いをさせてくれた。貘は、すでにその見合いの当日に結婚することを決めていた。一九三七（昭和十二）年、貘が三十四歳、静江が三十三歳の結婚であった。ここで、貘の放浪生活時代は終わる。

僕はとうとう結婚してしまったが
詩はとんと鳴かなくなった
いまでは詩とはちがった物がいて
時々僕の胸をかきむしっては
箪笥の陰にしゃがんだりして
おかねが
おかねがと泣き出すんだ
（結婚）

結婚はしたものの、相変わらずお金のない生活が続いた。それでも一九三八(昭和十三)年に、第一詩集『思辨の苑』をむらさき出版部から刊行することができた貘は、「女房の前もかまわずに／こえはりあげて／ぼくは泣いたのだ」(処女詩集)というほど喜んだ。

それもそのはず「ここにおさめた作品は、一九二三年以後のもの五十九篇である」(『思辨の苑』後記)からだ。ということは、十五年間苦労に苦労を重ねて書き溜めてきた作品群によってできた詩集であるということだった。五十九篇という作品数は、今日では詩集二、三冊分に匹敵する数量である。この詩集には佐藤春夫と金子光晴の「序」が寄せられていた。

一方、貘は一九三九(昭和十四)年に東京府職業紹介所に就職して、初めて定職についた。これで結婚生活も安定するかにみえた。四一(昭和十六)年には、長男重也《しげや》も出生した。しかし、翌四二(昭和十七)年に重也は他界してしまった。

その間の四十(昭和十五)年には第二詩集の『山之口貘詩集』が山雅房から出版された。この詩集には、『思辨の苑』の全作品五十九篇が推敲のうえ、採録されていた。それに、新しく「喪のある景色」「世はさまざま」をはじめとする十二篇が加えられ、作品総数は七十一篇となっていた。

アジア・太平洋戦争の拡大と情勢の悪化が新婚生活を襲った。貘たちが結婚した一九三七（昭和十二）年は、日本が「支那事変」と称して中国との全面戦争に突入した年であった。三九（昭和十四）年には第二次世界大戦が始まった。そして、四一（昭和十六）年には真珠湾攻撃があり、太平洋戦争へ突入した。四二（昭和十七）年には東京が空襲を受けるようになっていた。

だだ
だだ　と叫んでは
飛び立つ兵器の群をうちながめ
群れ飛ぶ日の丸を見あげては
だだ
だだ　と叫んでいる
　　　（紙の上）

ねずみはだんだんひらたくなった
ひらたくなるにしたがって
ねずみは
ねずみ一匹の

ねずみでもなければ一匹でもなくなって
その死の影すら消え果てた
ある日　往来に出て見ると
ひらたい物が一枚
陽にたたかれて反っていた
（ねずみ）

戦争と一九三八（昭和十三）年の国家総動員法の施行は、国民生活のあらゆる面に統制を強いてきた。詩や文学に対しても官憲による検閲が行われていた。だが検閲官は、これをただのネズミの詩として見逃したらしい。

戦乱が激化する中でも明るい話題は四四（昭和十九）年に長女泉《いずみ》が誕生したことであった。以後、泉と家族に対する詩が増えていく。この年、一家は茨城県結城郡の妻静江の実家に疎開した。貘は、四時間近くかけて東京まで汽車通勤をした。貘は、疎開と通勤の中で戦争をくぐりぬけていく。

とうちゃんのなんか
はかないよ

とうちゃんのかんこをかりてって
ミミコのかんこ
はくんだ　と言うのだ
（ミミコの独立）

いなかはどこだと
おともだちからきかれて
ミミコは返事にこまったと言うのだ
こまることなどないじゃないか
沖縄じゃないかと言うと
沖縄はパパのいなかで
茨城がママのいなかで
ミミコは東京でみんなまちまちと言うのだ
（桃の花）

アジア・太平洋戦争は一九四五（昭和二十）年に日本の敗戦で終結した。四八（昭和二十三）年、貘は十年近く勤務した職業安定所を退職した。そして、一家は疎開生活を終え再び上京し、練馬の月田家に間借りした。貘は文筆一本の生活に入った。

ところで、日本の敗戦によって琉球諸島は米軍の直接支配下に置かれていた。そして五一(昭和二十六)年の講和条約によって法律的に分離支配が決定したのである。貘は、その直前に詩「沖縄よどこへ行く」を書いた。

沖縄よ
傷はひどく深いときいているのだが
元気になって帰って来ることだ
蛇皮線を忘れずに
泡盛を忘れずに
日本語の
日本に帰って来ることなのだ
(沖縄よどこへ行く)

貘と画家の南風原《はえばる》朝光《ちょうこう》などは、「沖縄の祖国復帰におもいを致」して(「池袋の店」)池袋の泡盛居酒屋などで琉球舞踊を踊って沖縄問題を訴えたりした。

ここで留意しておきたいのは、それまでは貘の詩で直接「沖縄」や「琉球」をうたった作品はほとんど無かったということだ。「沖縄よどこへ行く」から、沖縄問題を訴える作品が増えていく。

貘にとって、一九五八年は記念すべき年になった。七月に『定本 山之口貘詩集』が原書房より刊行された。この詩集は、戦前出版された『山之口貘詩集』を校訂、推敲した内容になった。貘の生前に出版された最後の詩集である。

十一月六日、貘は三十四年ぶりに沖縄へ帰郷することができた。その旅費は、歓送会を催した友人、知人たちが集めてくれた。

島の土を踏んだとたんに
ガンジューイとあいさつしたところ
はいおかげさまで元気ですとか言って
島の人は日本語で来たのだ
（弾を浴びた島）

貘が泊《とまり》に入港した那覇丸から降りて、その第一歩の印象を詩にしたのが「弾を浴びた島」である。港では沖縄の詩人グループや多数の友人、知人たちが貘を歓迎した。

ただし、貘が沖縄語で話しかけると「島の人は日本語で来たのだ」。つづけて「郷愁はいささか戸惑いしてしまって」と書いているが、貘は激しいカルチャーショックを受けていた。

実際、貘にとって三十四年ぶりの帰郷で一番ショックだったのは、自分の母語である「沖縄語」が日常生活からほとんど消えかかっていることであった。貘は、その衝撃を「むかしの沖縄いまの沖縄」や「沖縄はわが故郷」(『山之口貘全集』第四巻)等のエッセイに書いている。

沖縄滞在中、貘は歓迎会での歓待に応えつつ、昼間は首里高校や那覇高校をはじめとする高等学校で全校生徒向けの講演を行った。また十一月二十五日から二十回にわたって「ぼくの半生記」を『沖縄タイムス』に連載した。これは、同紙の記者が口述筆記した自叙伝であったが、今度の帰郷の大きな成果になった。

一方、貘は八重山諸島の石垣島へ渡り、三十四年ぶりに兄弟や親戚と再会することができた。当時、山口家は父母のお墓のある与那国島へ移っていた。貘は、両親のお墓参りに行くつもりだったが日程も詰まり、与那国島へは行けなかった。

貘は、予定していた日数も過ぎて二ヵ月近く滞在した後、一九五九(昭和三十四)年一月に沖縄を去った。この帰郷から、後に多くの詩やエッセイが生まれた。だが、東京へ戻ってから夏の終わり頃まで、沖縄の変化に大きなショックを受けて、仕事ができない状態が続いた。そのような中で、四月に『定本 山之口貘詩集』で第二回高村光太郎賞を受賞した。

しかし、このように社会的にも詩人として高く評価され、これからの活躍が大いに期待された矢先に、貘は病に倒れてしまった。六三(昭和三十八)年三月に新宿区戸塚の大同病院に入院。診断の結果は胃ガンで、手遅れの状態であった。大手術を受けたが、助からなかった。七月十九日の夜、貘は多くの人々に見守られながら永眠した。享年五十九歳であった。

鮪の刺身を食いたくなったと
人間みたいなことを女房が言った
(鮪に鰯)

貘が逝去した翌年の六四(昭和三十九)年には、詩集『鮪に鰯』が原書房より刊行された。これは、貘が生前コツコツと推敲、編集を重ねていた原稿を中心に、娘の泉が整理して出版したものだった。収録されている詩は百二十六篇。それまでにない大著となっている。

貘の評価は、死後ますます高くなった。生前は、「放浪詩人」「貧乏詩人」「ユーモア詩人」などと形容され、評価された。死後は「風刺詩人」(伊藤信吉)、「地球詩人」(仲程昌徳・高良留美子)、「精神の貴族」(茨木のり子)などと評価されている。

ここで、私の考える貘の詩の特徴と意義をまとめて提起しておきたい。

第一に、平易な日本語でもって深い思想を表現しているということだ。とりわけ、その傾向は「数学」や「座蒲団」などが収録されている『思辨の苑』の作品群に多く見られる。例えば、「数学」では「この青年もまた人間なのか!」という人間論があり、「座蒲団」では「楽に坐ったさびしさよ」と一種の実存の問題が詩われている。

平易な詩語でもって深い思想を表現するのは難しい。これらのやさしい詩語は、よく知られているように、貘の厳しい推敲の結果から生まれている。一篇の詩に百枚、二百枚の推敲を行うことは、「たった一篇ぐらいの詩をつくるのに/一〇〇枚二〇〇枚三〇〇枚だのと/原稿紙を屑にして積み重ねる詩人なのでは/ぱあではないのかと言ったとか」と詩「ひそかな対決」でも風刺を効かせて表現されている。(私たちは、山之口家から沖縄県立図書館に寄贈された自筆原稿群を見て、貘のすさまじい推敲過程を知ることができる。)

第二に貘の詩は、文明批判のテーマにおいて、ユニークかつ成功している例が多い。「詩人がどんなに詩人でも　未だに食わねば生きられないほどの/それは非文化的な文明だった」(鼻のある結論)と精神文化と物質文化の非両立をうたい、「鮪に鰯」では「鮪は原爆を憎み／水爆にはまた脅やかされて／腹立ちまぎれに現代を生きているのだ」と、核の問題を日々の食生活の一コマに溶けこませユーモアと風刺の効いた作品にまで高められている。

次に、家庭生活を表現した詩群に注目したい。〈結婚〉〈女房〉〈ミミコ〉等は、貘の作品で重要な鍵概念となっている。家庭生活と言っても、実に不安定な「生活」である。借金や貧乏に追われた生活である。「これをたのむと言いながら／風呂敷包にくるんで来たものを／そこにころがせてみせると／質屋はかぶりを横に振ったのだ」（深夜）。それでもへこたれず、明るく生きている。また、「パパは沖縄で／ママは茨城で／ミミコは東京」（桃の花）とは、なかなか言えたものではない。ミミコが自立心に富む利発な娘として育てられているのがよく分かる。日本の詩表現で、女房や娘を作品にしてこれほど成功している例はそう多くないだろう。

第四に、貘の詩では社会の底辺や地表の世界からの視線で書かれた作品が多い。それは、「座蒲団」や「ねずみ」をみてもよくわかるだろう。「座蒲団」では、「土の上には床がある」とうたい出される。「ねずみ」では「往来のまんなか」を見つめている。放浪生活の中で培われた重要な視線である。そして、詩「血」の「斉藤さん」や、小説「親日家」（『山之口貘全集』第二巻）の「竜景陽」さんのような在日朝鮮人や中国人との交流もあった。これらの作品は、日本社会が軍国主義と民族排外主義へ急速に傾いていく時代の中で書かれている。山之口貘ならではの重要な視線に注目したい。

第五に、貘の詩の中ではウチナーグチ（沖縄語）とヤマトグチ（日本語）の衝突が表現されている。その結果、日本語も沖縄語も相対化される。「弾を浴びた島」では「ウチナーグチマディン　ムル（沖縄方言までも　すべて）／イクサニ　サッタルバスイ（戦争でやられたのか）」と表現されている。貘自身は、沖縄語も日本語の一部分と考えている。そしてヤマトグチを使っても、沖縄語も存続して欲しいと願っている。貘の詩自体が沖縄語のリズムや、沖縄の歌と踊りの中からも生まれているのだ。これらのことは、ほかの地方の言葉にも言える。詩「晴天」では東京の言葉が、「土地　3」のような疎開地での作品では「茨城弁」が相対化される。日本語は、それだけ多種多様であるのだ。

次に、貘の詩では会話体を中心にした表現が多く、成功している。「会話」や「ミミコの独立」がその良い例である。「会話」では、「お国は？」と、いきなり会話から始まっている。

会話体だと、会話に取材したテーマが多くなり、詩に拡がりがでてくるが、反面、表現がゆるくなったり冗舌になりがちである。それらを避けるために貘は、推敲を厳しく行ったのであろう。

第七に、詩での表現を口語体に徹底したこと。事実、貘の詩集に文語体の詩は一篇も入っていない。貘は、詩「天から降りて来た言葉」で自己と文語体との距離を表現している。「文語体らにしてみても／かれらが詩になるまでにはどうしても／ひとりぐらいの詩人は要る筈だ」と。だが、彼は文語体の「ひとりぐらいの詩人」になるつもりはない。

戦前は、「なりにけりとか／たりとかと」文語体中心の詩人たちはいた。一方、戦時体制が強化されると、それまで口語体中心の作品を書いていた詩人たちが文語体に軸足を移すものも多くいた。しかし、貘のように一貫して口語体にこだわった詩人は、そう多くない。

第八に、第二次世界大戦中に、積極的には「戦争協力詩」を書かなかったこと。むしろ、検閲官等の眼をごまかして戦時体制に抵抗する詩を発表した。これは、「紙の上」や「ねずみ」を見れば分かるだろう。

さいごに、山之口貘は沖縄出身であるが故に、沖縄を題材にした詩を多く書いた。そして、戦後になると沖縄戦や米軍支配、米軍基地等のいわゆる「沖縄問題」をテーマにした作品が増えている。これらの中でも、「沖縄よどこへ行く」や「不沈母艦沖縄」「弾を浴びた島」等は貘の沖縄観を知る上で重要である。戦後の米軍支配下の沖縄は「どうやら沖縄が生きのびたところは／不沈母艦沖縄だ」(不沈母艦沖縄)と比喩的に表現されている。

以上でひとまず貘の詩の特徴と意義の検討を終わるが、それにしても無視できないのは金子光晴の予言だ。金子は『思辨の苑』の序文で「日本のほんとうの詩は山之口君のような人達からはじまる」と予言した。しかし彼は「日本のほんとうの詩」を、どのように考えていたのだろうか。

貘が死んで五年後に金子は、「文語とまったく縁のない新しい日本語の語感は、貘さんの詩あたりからと、僕は考える」(『山之口貘詩集』解説、彌生書房)とも書いている。だとすると、金子も貘の「口語自由詩」の徹底を高く評価していたと言えるだろう。

金子の予言のとおり、山之口貘の詩はいまやフランス語、英語、朝鮮語等に翻訳され研究されている。また、詩「天」「ミミコの独立」「ねずみ」「会話」「弾を浴びた島」などは小中高の国語教科書に採録され愛読されている。

貘の風刺とユーモアの効いた文明批評の詩は、今日になっていよいよ重要性を増している。

こんな景色のなかに
神のバトンが落ちている
血に染まった地球が落ちている
(喪のある景色)

と貘はうたった。まるで、今日の世界情勢を予言するかのように。地球は、まだ血に染まったままである。誰が「神のバトン」を拾い子々孫々に手渡していくのか。

貧乏をも笑い飛ばした貘の詩は、物質的な豊かさ中心の思考法で行き詰まり、貧富の差も拡大していく現代にあって、現実に屈服しない明るい勇気を与えてくれる。貘の厳しい推敲から生まれた平易な表現の詩は、読者に大きく開かれている。

二〇一六年四月

山之口貘略年譜

一九〇三年(明治三十六年)
九月十一日、沖縄県那覇区東町大門前で、第百四十七銀行沖縄支店勤務の父山口重珍《やまぐちじゅうちん》(三十三歳)と母トヨ(三十三歳)の三男として生まれる。本名重三郎《じゅうさぶろう》、童名さんるー。

一九一〇年(明治四十三年)　七歳
四月、那覇甲辰《こうしん》尋常小学校に入学。小学校代用教員をしていた長兄重慶《じゅうけい》から絵の手ほどきを受ける。
妹キヨが生まれ、七人兄妹となる。

一九一六年(大正五年)　十三歳
三月、甲辰尋常小学校修了。初恋の人オミトのことが頭から離れず、沖縄県立第一中学校(現県立首里高校)の受験に失敗。
四月、那覇尋常高等小学校高等科に入学。

一九一七年(大正六年)　十四歳
四月、沖縄県立第一中学校に再度挑戦し、合格。
日本標準語励行のために、学校が沖縄語を使用した生徒に罰札を渡す「方言罰札制度」に反発する。

八月、画家浦崎永錫《うらさきえいしゃく》を中心に「丹青美術協会」が創設され、会員となり幹事の長兄重慶を手伝う。

一九一八年（大正七年）　十五歳
下級生の姉喜屋武呉勢《きゃんぐじー》と恋におち、それをきっかけに詩を書き始める。「詩集 中学時代」というタイトルで「詩稿自一九一八年　至一九二一年　八篇」と書かれた詩篇を残す。

一九一九年（大正八年）　十六歳
ユタ（巫女）を利用して両親の反対を押しきり、呉勢との仲を「許婚《いいなずけ》の仲にまでまとめあげた」（「自伝」）が、思春期の欲望をおさえたために極度の神経衰弱に陥り入院、転地療養する。療養中、呉勢の心変わりにあい、快方後も学業に身が入らず落第。

一九二〇年（大正九年）　十七歳
三年生を繰り返す間、仲村渠《かれ》（のちに詩人）らと詩誌『ほのほ』を、宮古島出身の下地恵信らと詩誌『よう樹』を創刊。ペンネームはサムロ。ホイットマン、タゴールを愛読する。図書教師、樋渡留太郎の指導を受け絵にも熱を入れ、丹青美術協会、ふたば会、フロレンス協会に出品。
父重珍、沖縄産業銀行八重山支店長に転職。同時に、鰹節製造業に手を出す。

一九二一年（大正十年）　十八歳

『ほのほ』同人の小田栄（のちに代議士）、仲村渠らと大杉栄の影響を受け、学校当局からにらまれる。

「石炭にも階級がある」と発言した博物の教師に抗議して、『琉球新報』に詩「石炭」を発表、校長室から呼び出される。

「学校には愛想が尽きてサボル日が続いていた」（「私の青年時代」）結果、退学。

上京の相談をするため八重山の父を訪ねる。

八月一日から『八重山新報』に「国吉真善君に返詩を捧ぐ」など八篇の詩を発表。

九月、呉勢より婚約解消を申し渡される。父の鰹節製造業は、不漁続きと経済恐慌のあおりを受けてこの頃には倒産。

一九二二年（大正十一年）　十九歳

一月一日から『八重山新報』に「苦痛の楽天地」など十三篇の詩を発表。

秋、上京。早稲田戸塚の日本美術学校に籍を置くが、デッサンのことでここでも教師と対立、一ヵ月でやめる。画家南風原朝光《はえばるちょうこう》を知り、一生の友となる。本郷絵画研究所で絵の勉強を始めるが、約束の父からの送金が上京以来一度もなく、友人の下宿を転々とする。

一九二三年（大正十二年） 二十歳

徴兵検査を受ける。第二補充兵に合格。

九月一日、関東大震災にあい、罹災者恩典で帰郷。帰郷直前、詩誌『抒情詩』に懸賞目当てに詩四篇「日向のスケッチ」「昼は空っぽである」「夜は妊娠である」「莨」を投稿、佳作となる（選者・佐藤《さとう》惣之助《そうのすけ》）。詩作の動機が不純という理由で、貘は四篇を自分の詩集に入れていない。

一九二四年（大正十三年） 二十一歳

二月、『八重山新報』に十三首の短歌を発表。国吉真哲《くによししんてつ》、上里春生《うえざとしゅんせい》、伊波文雄《いはふみお》らと「琉球歌人連盟」をおこす。民家を借りて事務所とし、「啄木調で短歌を朗詠したり、酒をのんだり、時には辻の色町に足を運んだり」（「ぼくの半生記」）して暮らす。遊女カマデーに字を教える。

八月、第四回ふたば会展覧会に「自画像」を出品。

この頃、那覇県立図書館に通い、タゴールの詩集『新月』『園丁』『ギタンジャリ』を読み耽る。小学校の初恋の相手オミトに再度失恋し、友人知人の間を転々としたり、海岸や公園に野宿する生活が始まる。

一九二五年（大正十四年）　二十二歳
九月、『沖縄教育』の装幀画を描き、詩「人生と食後」など二篇を発表。秋、詩稿を抱いて二度目の上京。上京前に、「ものもらいの話」「生活の柄」を詩作している。この頃より山之口貘のペンネームを使う。

一九二六年（大正十五年・昭和元年）　二十三歳
十月、銀座二丁目の書籍問屋東海堂書店の発送部に住みこみで働く。これを皮切りに職を転々とする。「その後、職は暖房屋に変り、鍼灸屋に変り、隅田川のダルマ船に乗ったり、汲取屋になったりした。」（「私の青年時代」）

一九二七年（昭和二年）　二十四歳
公園や駅のベンチ、土管、キャバレーのボイラー室、友人の下宿先など住所不定の放浪生活を続ける。昼間は芝の喫茶店ゴンドラに入りびたっていた。「ぼくの初めての詩集『思辨の苑』はゴンドラのボックスでその姿を整えたのであった。」（「ぼくの半生記」）
故郷の先輩で『改造』の編集者、宮城聡の紹介状を持ち佐藤春夫を訪ねる。「ものもらいの話」など初期の作品を五、六篇見てもらう。

一九二九年（昭和四年）　二十六歳

佐藤春夫宅で高橋新吉を紹介される。

八月、東京鍼灸医学研究所へ通信事務員として就職。

十二月、佐藤春夫が「詩人山之口君ハ性温良。目下窮乏ナルモ善良ナル市民也」と自分の名刺に書いてくれ、警察の不審尋問に役立つ。

一九三一年（昭和六年）　二十八歳

四月、郷里の先輩で改造社出版部の比嘉春潮の紹介で初めて『改造』に詩「発声」「夢の後」を発表。同月、東京鍼灸医学研究所在職のまま、同医学校へ入学。

一九三三年（昭和八年）　三十歳

両国のビルの空室で寝泊まりする。

一月、佐藤春夫が、山之口貘をモデルにした小説「放浪三昧」を発表。

六月、同郷の国吉真善が経営する泡盛屋で「琉球料理を味わう会」が催され、その席上、ヨーロッパから帰朝したばかりの金子光晴・森三千代夫妻を知る。以来、金子光晴を終生無二の友として敬愛する。

一九三五年(昭和十年)　三十二歳

二月、詩「数学」「座蒲団」を『文藝』(改造社)に発表。

八月、東京鍼灸医学校卒業。

十一月、詩「会話」を『文藝』に発表。

一九三六年(昭和十一年)　三十三歳

二月、草野心平を知る。同月、東京鍼灸医学研究所を辞めて半年ほど隅田川のダルマ船に乗る。

十月、草野心平が金子光晴を通して原稿を依頼したのが縁で『歴程』の同人となる。

一九三七年(昭和十二年)　三十四歳

九月、詩「鼻のある結論」を『改造』に発表。

十月、金子光晴夫妻の立会いで安田静江と見合い。

十二月、結婚。牛込区弁天町のアパートで新婚生活を始める。温灸器販売、ニキビ・ソバカスの薬の通信販売の仕事をしていたが、倒産。新婚早々失業し「みそかそばも食えない年の暮をくぐって、餅ひとつも飾れない正月」(「ぼくの半生記」)をむかえる。

十二月、小説「ダルマ船日記」を『中央公論』に発表。

一九三八年(昭和十三年)　三十五歳

八月、国文学雑誌『むらさき』編集長小笹功の尽力により第一詩集『思辨の苑』を巌松堂むらさき出版部から刊行。

九月、銀座明治製菓で出版記念会。同月、小説「詩人便所を洗う」を『中央公論』に発表。

一九三九年(昭和十四年)　三十六歳

一月、小説「天国ビルの斉藤さん」を『中央公論』に発表。

六月、東京府職業紹介所に就職。初めての定職につく。同月、詩「紙の上」を『改造』に発表。

九月、詩「結婚」を『文藝』に発表。

一九四〇年(昭和十五年)　三十七歳

五～十月、山雅房『現代詩人集』全六巻の編纂に携わる。

五月、小説「詩人、国民登録所にあらわる」を『中央公論』に発表。

十二月、第二詩集『山之口貘詩集』を山雅房より刊行。

一九四一年(昭和十六年)　三十八歳
二月、『歴程詩集』に結婚の詩「友引の日」他四篇収録される。
六月、長男重也《しげや》出生。

一九四二年(昭和十七年)　三十九歳
七月、長男重也死亡。

一九四三年(昭和十八年)　四十歳
三月、詩「生きる先々」を『国民詩』に発表。
四月、詩「兄貴の手紙」を『新文化』に発表。
六月、随筆「詩人の結婚」を『中央公論』に発表。
七月、詩「ねずみ」を詩誌『山河』に発表。「当時はあらゆる雑誌に対して官憲による検閲がなされていた。検閲官はこれをただのネズミの詩として見逃したらしく、あとで山之口貘は痛快がったという。」(飯島耕一『日本の詩歌⑳』中央公論社)
十月、『山河』同人となる。仲間に金子光晴、伊藤桂一、安西均など。

一九四四年(昭和十九年)　四十一歳
三月、長女泉《いずみ》出生。

八月、東京吉祥寺の金子光晴の家に一家で二ヵ月ほど同居。

十月、空襲で那覇の生家炎上。

十二月、茨城県結城郡の妻静江の実家に疎開。四時間近くかけて東京まで汽車通勤する。

一九四五年（昭和二十年）　四十二歳

十一月、長兄重慶、栄養失調で死亡。

一九四八年（昭和二十三年）　四十五歳

三月、十年近く勤務した職業安定所を退職。

七月、一家で上京。以来、練馬区の月田家に間借。

文筆一本の生活にはいり、池袋の小山コーヒー寮に連日通う。常連に広津和郎、周郷《すごう》博《ひろし》がいた。

一九五〇年（昭和二十五年）　四十七歳

二月、小説「無銭宿」を『新潮』に発表。

九月、小説「野宿」を『群像』に発表。

一九五一年(昭和二十六年)　四十八歳
六月、母トヨ、与那国の弟重四郎《じゅうしろう》の家で死亡。
九月、講和条約締結直前に、詩「沖縄よどこへ行く」を書く。同月、小説「貘という犬」を『新潮』に発表。

一九五二年(昭和二十七年)　四十九歳
夏、デパートの沖縄展で毎日琉球舞踊を踊る。
九月、NHKテレビ実験放送で、講和条約に因んだ詩「沖縄よどこへ行く」を筋にして構成された「沖縄舞踊」という番組に南風原朝光とともに出演。
池袋の泡盛屋「おもろ」「さんご」の常連でよく踊り、「沖縄の祖国復帰におもいを致」(「池袋の店」)していた。

一九五三年(昭和二十八年)　五十歳
四月、父重珍、与那国で死亡。
五月、随筆「祖国琉球」を『新潮』に発表。

一九五五年(昭和三十年)　五十二歳
五月、「自伝」を『現代日本詩人全集』(東京創元社)の山之口貘集に発表。

一九五八年（昭和三十三年）　五十五歳

二月、フランスの文学誌『レ・レットル・ヌーヴェル』（ジュリアール書店）にジョン・ミリ、アンドレ・ミリ夫妻の翻訳と解説で詩「ねずみ」が掲載される。

六月、小説「汲取屋になった詩人」を『サンデー毎日』に発表。

七月、『定本　山之口貘詩集』を原書房より刊行。

十一月六日、三十四年ぶりに故郷那覇に帰省し、二ヵ月近く滞在。母校県立首里高校で座談会「詩人山之口貘の生い立ちと詩について」が催される。八重山諸島の石垣島で兄弟、親戚と再会する。

一九五九年（昭和三十四年）　五十六歳

一月、沖縄より帰京。沖縄の変貌に力を落とし、夏の終わりまで仕事ができない状態になる。

四月、『定本　山之口貘詩集』で第二回高村光太郎賞受賞。

一九六〇年（昭和三十五年）　五十七歳

十一月、『現代日本名詩集大成』（東京創元社）第七巻に『思辨の苑』全篇収録される。

一九六二年（昭和三十七年）　五十九歳

三月、随筆「矛盾の島沖縄」を『中部日本新聞』に発表。同月、随筆「おきなわやまとぐち」を『朝日新聞』に発表。

九月、随筆「沖縄よどこへ行く」を『政界往来』に発表。

一九六三年（昭和三十八年）

三月十三日、東京新宿区戸塚の大同病院に入院。朝日新聞調査部の土橋治重が奉加帳をもって、佐藤春夫、金子光晴、草野心平など、文壇、ジャーナリズムを回ってカンパを集め、入院費用、手術代を工面する。

七月十六日、胃ガンのため同病院にて永眠。享年五十九歳。死の直前沖縄タイムス賞受賞。

二十四日、雑司ヶ谷霊園斎場で告別式。葬儀委員長金子光晴。

一九六四年（昭和三十九年）

十二月、詩集『鮪に鰯』が原書房より刊行される。

（作成・高良勉）

〔編集付記〕

一、それぞれの作品の出典は、目次中に明示した。「山之口貘略年譜」は、辻淳作成「年譜」(『山之口貘全集　第四巻』思潮社、一九七六)、山口泉作成「年譜」、飯島耕一「解説」(『日本の詩歌20』中央公論社、一九六九)、仲程昌徳著『山之口貘――詩とその軌跡』(法政大学出版局、一九七五)その他を参考にしたうえで、その後の研究で明らかになったことを加筆・訂正して、編者が作成したものである。

二、漢字は原則として新字体に、仮名づかいは新仮名づかいに統一した。

三、難読と思われる漢字には、適宜振り仮名を付した。

四、明らかな誤記・誤植と思われるものは訂正した。

五、拗促音は、並字を小字にした。

六、今日ではその表現に配慮する必要のある語句を含むものもあるが、作品が書かれた年代の状況に鑑み、また作者が故人であることを考慮して、原文通りとした。

(岩波文庫編集部)

山之口貘詩集《やまのくちばくししゅう》

2016年6月16日　第1刷発行
2023年1月16日　第5刷発行

編　者　高良《たから》 勉《べん》

発行者　坂本政謙

発行所　株式会社 岩波書店
〒101-8002 東京都千代田区一ツ橋 2-5-5

案内 03-5210-4000　営業部 03-5210-4111
文庫編集部 03-5210-4051
https://www.iwanami.co.jp/

印刷 製本・法令印刷　カバー・精興社

ISBN 978-4-00-312051-4　Printed in Japan

読書子に寄す

――岩波文庫発刊に際して――

岩波茂雄

真理は万人によって求められることを自ら欲し、芸術は万人によって愛されることを自ら望む。かつては民を愚昧ならしめるために学芸が最も狭き堂宇に閉鎖されたことがあった。今や知識と美とを特権階級の独占より奪い返すことはつねに進取的なる民衆の切実なる要求である。岩波文庫はこの要求に応じそれに励まされて生まれた。それは生命ある不朽の書を少数者の書斎と研究室とより解放して街頭にくまなく立たしめ民衆に伍せしめるであろう。近時大量生産予約出版の流行を見る。その広告宣伝の狂態はしばらくおくも、後代にのこすと誇称する全集がその編集に万全の用意をなしたるか。千古の典籍の翻訳企図に敬虔の態度を欠かざりしか。さらに分売を許さず読者を繋縛して数十冊を強うるがごとき、はたしてその揚言する学芸解放のゆえんなりや。吾人は天下の名士の声に和してこれを推挙するに躊躇するものである。このときにあたって、岩波書店は自己の責務のいよいよ重大なるを思い、従来の方針の徹底を期するため、すでに十数年以前より志して来た計画を慎重審議この際断然実行することにした。吾人は範をかのレクラム文庫にとり、古今東西にわたって文芸・哲学・社会科学・自然科学等種類のいかんを問わず、いやしくも万人の必読すべき真に古典的価値ある書をきわめて簡易なる形式において逐次刊行し、あらゆる人間に須要なる生活向上の資料、生活批判の原理を提供せんと欲する。この文庫は予約出版の方法を排したるがゆえに、読者は自己の欲する時に自己の欲する書物を各個に自由に選択することができる。携帯に便にして価格の低きを最主とするがゆえに、外観を顧みざるも内容に至っては厳選最も力を尽くし、従来の岩波出版物の特色をますます発揮せしめようとする。この計画たるや世間の一時の投機的なるものと異なり、永遠の事業として吾人は微力を傾倒し、あらゆる犠牲を忍んで今後永久に継続発展せしめ、もって文庫の使命を遺憾なく果たさしめることを期する。芸術を愛し知識を求むる士の自ら進んでこの挙に参加し、希望と忠言とを寄せられることは吾人の熱望するところである。その性質上経済的には最も困難多きこの事業にあえて当たらんとする吾人の志を諒として、その達成のため世の読書子とのうるわしき共同を期待する。

昭和二年七月

《日本文学(現代)》〔緑〕

怪談 牡丹燈籠	三遊亭円朝
真景累ヶ淵	三遊亭円朝
小説神髄	坪内逍遥
当世書生気質	坪内逍遥
ウィタ・セクスアリス	森鷗外
青年	森鷗外
阿部一族 他二篇	森鷗外
山椒大夫・高瀬舟 他四篇	森鷗外
渋江抽斎	森鷗外
舞姫・うたかたの記 他三篇	森鷗外
鷗外随筆集	千葉俊二編
森鷗外 椋鳥通信 全三冊	池内紀編注
浮雲	二葉亭四迷 十川信介校注
野菊の墓 他四篇	伊藤左千夫
吾輩は猫である	夏目漱石
坊っちゃん	夏目漱石
草枕	夏目漱石
虞美人草	夏目漱石
三四郎	夏目漱石
それから	夏目漱石
門	夏目漱石
彼岸過迄	夏目漱石
漱石文芸論集	磯田光一編
行人	夏目漱石
こころ	夏目漱石
硝子戸の中	夏目漱石
道草	夏目漱石
明暗	夏目漱石
思い出す事など 他七篇	夏目漱石
文学評論 全二冊	夏目漱石
夢十夜 他二篇	夏目漱石
漱石文明論集	三好行雄編
倫敦塔・幻影の盾 他五篇	夏目漱石
漱石日記	平岡敏夫編
漱石書簡集	三好行雄編
漱石俳句集	坪内稔典編
漱石・子規往復書簡集	和田茂樹編
文学論 全二冊	夏目漱石
坑夫	夏目漱石
漱石紀行文集	藤井淑禎編
二百十日・野分	夏目漱石
五重塔	幸田露伴
努力論	幸田露伴
渋沢栄一伝	幸田露伴
子規句集	高浜虚子選
病牀六尺	正岡子規
子規歌集	土屋文明編
墨汁一滴	正岡子規
仰臥漫録	正岡子規
歌よみに与ふる書	正岡子規

獺祭書屋俳話・芭蕉雑談	正岡子規
子規紀行文集	復本一郎編
金色夜叉 全二冊	尾崎紅葉
二人比丘尼 色懺悔	尾崎紅葉
不如帰	徳冨蘆花
謀叛論 他六篇 日記	徳冨健次郎 中野好夫編
武蔵野	国木田独歩
愛弟通信	国木田独歩
運命	国木田独歩
蒲団・一兵卒	田山花袋
田舎教師	田山花袋
一兵卒の銃殺	田山花袋
縮図	徳田秋声
あらくれ・新世帯	徳田秋声
藤村詩抄	島崎藤村自選
破戒	島崎藤村
春	島崎藤村
千曲川のスケッチ	島崎藤村
桜の実の熟する時	島崎藤村
新生 全二冊	島崎藤村
夜明け前 全四冊	島崎藤村
藤村文明論集	十川信介編
生ひ立ちの記 他一篇	島崎藤村
にごりえ・たけくらべ	樋口一葉
大つごもり・十三夜 他五篇	樋口一葉
修禅寺物語 正雪の二代目 他四篇	岡本綺堂
高野聖・眉かくしの霊	泉鏡花
歌行燈	泉鏡花
夜叉ケ池・天守物語	泉鏡花
草迷宮	泉鏡花
春昼・春昼後刻	泉鏡花
鏡花短篇集	川村二郎編
日本橋	泉鏡花
外科室・海城発電 他五篇	泉鏡花
湯島詣 他一篇	泉鏡花
鏡花随筆集	吉田昌志編
化鳥・三尺角 他六篇	泉鏡花
鏡花紀行文集	田中励儀編
俳句はかく解しかく味う	高浜虚子
回想 子規・漱石	高浜虚子
有明詩抄	蒲原有明
上田敏全訳詩集	山内義雄 矢野峰人編
宣言	有島武郎
一房の葡萄 他四篇	有島武郎
寺田寅彦随筆集 全五冊	小宮豊隆編
柿の種	寺田寅彦
与謝野晶子歌集	与謝野晶子自選
与謝野晶子評論集	鹿野政直 香内信子編
私の生い立ち	与謝野晶子
入江のほとり 他一篇	正宗白鳥
つゆのあとさき	永井荷風

濹東綺譚　永井荷風
荷風随筆集 全二冊　野口冨士男編
摘録 断腸亭日乗 全二冊　永井荷風　磯田光一編
すみだ川・新橋夜話 他一篇　永井荷風
あめりか物語　永井荷風
下谷叢話　永井荷風
ふらんす物語　永井荷風
浮沈・踊子 他三篇　永井荷風
花火・来訪者 他十一篇　永井荷風
問はずがたり・吾妻橋 他十六篇　永井荷風
斎藤茂吉歌集　山口茂吉　柴生田稔　佐藤佐太郎編
千鳥 他四篇　鈴木三重吉
鈴木三重吉童話集　勝尾金弥編
小僧の神様 他十篇　志賀直哉
万暦赤絵 他二十二篇　志賀直哉
暗夜行路 全二冊　志賀直哉
志賀直哉随筆集　高橋英夫編

高村光太郎詩集　高村光太郎
北原白秋歌集　高野公彦編
北原白秋詩集 全二冊　安藤元雄編
フレップ・トリップ　北原白秋
野上弥生子随筆集　竹西寛子編
野上弥生子短篇集　加賀乙彦編
お目出たき人・世間知らず　武者小路実篤
友情　武者小路実篤
釈迦　武者小路実篤
銀の匙　中勘助
鳥の物語　中勘助
若山牧水歌集　伊藤一彦編
新編 みなかみ紀行　若山牧水　池内紀編
新編 啄木歌集　久保田正文編
吉野葛・蘆刈　谷崎潤一郎
卍(まんじ)　谷崎潤一郎
幼少時代　谷崎潤一郎

谷崎潤一郎随筆集　篠田一士編
多情仏心 全二冊　里見弴
道元禅師の話　里見弴
今年竹 全二冊　里見弴
萩原朔太郎詩集　三好達治選
郷愁の詩人 与謝蕪村　萩原朔太郎
猫町 他十七篇　萩原朔太郎　清岡卓行編
恩讐の彼方に・忠直卿行状記 他八篇　菊池寛
父帰る・藤十郎の恋 菊池寛戯曲集　石割透編
河明り 老妓抄 他一篇　岡本かの子
春泥・花冷え　久保田万太郎
大寺学校 ゆく年　久保田万太郎
久保田万太郎俳句集　恩田侑布子編
室生犀星詩集　室生犀星自選
犀星王朝小品集　室生犀星
随筆 女ひと　室生犀星
出家とその弟子　倉田百三

羅生門・鼻・芋粥・偸盗	芥川竜之介
地獄変・邪宗門・好色・藪の中 他七篇	芥川竜之介
河童 他二篇	芥川竜之介
歯車 他二篇	芥川竜之介
蜘蛛の糸・杜子春・トロッコ 他十七篇	芥川竜之介
侏儒の言葉・文芸的な、余りに文芸的な	芥川竜之介
芥川竜之介俳句集	加藤郁乎編
芥川竜之介随筆集	石割透編
蜜柑・尾生の信 他十八篇	芥川竜之介
年末の一日・浅草公園 他十七篇	芥川竜之介
芥川竜之介紀行文集	山田俊治編
美しき町・西班牙犬の家 他六篇	佐藤春夫 池内紀編
海に生くる人々	葉山嘉樹
葉山嘉樹短篇集	道簱泰三編
日輪・春は馬車に乗って 他八篇	横光利一
宮沢賢治詩集	谷川徹三編
童話集 風の又三郎 他十八篇	宮沢賢治 谷川徹三編
童話集 銀河鉄道の夜 他十四篇	宮沢賢治 谷川徹三編
山椒魚・遙拝隊長 他七篇	井伏鱒二
井伏鱒二全詩集	井伏鱒二
太陽のない街	徳永直
黒島伝治作品集	紅野謙介編
伊豆の踊子・温泉宿 他四篇	川端康成
雪国	川端康成
山の音	川端康成
川端康成随筆集	川西政明編
三好達治詩集	桑原武夫 大槻鉄男選
詩を読む人のために	三好達治
中野重治詩集	中野重治
夏目漱石 全三冊	小宮豊隆
社会百面相 全二冊	内田魯庵
新編 思い出す人々	内田魯庵 紅野敏郎編
檸檬《レモン》・冬の日 他九篇	梶井基次郎
蟹工船 一九二八・三・一五	小林多喜二
富嶽百景・走れメロス 他八篇	太宰治
斜陽 他一篇	太宰治
人間失格・グッド・バイ 他一篇	太宰治
お伽草紙・新釈諸国噺	太宰治
真空地帯	野間宏
日本唱歌集	堀内敬三 井上武士編
日本童謡集	与田凖一編
森鷗外	石川淳
至福千年	石川淳
近代日本人の発想の諸形式 他四篇	伊藤整
小説の認識	伊藤整
中原中也詩集	大岡昇平編
ランボオ詩集	中原中也訳
小熊秀雄詩集	岩田宏編
夕鶴・彦市ばなし 他二篇 —木下順二戯曲選II	木下順二
元禄忠臣蔵 全二冊	真山青果
随筆滝沢馬琴	真山青果

旧聞日本橋　長谷川時雨
新編 近代美人伝 全二冊　長谷川時雨　杉本苑子編
みそっかす　幸田文
古句を観る　柴田宵曲
俳諧随筆 蕉門の人々　柴田宵曲
新編 俳諧博物誌　柴田宵曲　小出昌洋編
随筆集 団扇の画　柴田宵曲　小出昌洋編
子規居士の周囲　柴田宵曲
小説集 夏の花　原民喜
原民喜全詩集
いちご姫・蝴蝶 他二篇　山田美妙　十川信介校訂
貝殻追放抄　水上滝太郎
銀座復興 他三篇　水上滝太郎
魔風恋風 全二冊　小杉天外
柳橋新誌　成島柳北　塩田良平校訂
幕末維新パリ見聞記 成島柳北「航西日乗」・栗本鋤雲「暁窓追録」　井田進也校注
立原道造詩集　杉浦明平編

野火／ハムレット日記　大岡昇平
中谷宇吉郎随筆集　樋口敬二編
雪　中谷宇吉郎
冥途・旅順入城式　内田百閒
東京日記 他六篇　内田百閒
西脇順三郎詩集　那珂太郎編
金子光晴詩集　清岡卓行編
大手拓次詩集　原子朗編
評論集 滅亡について 他三十篇　武田泰淳　川西政明編
山岳紀行文集 日本アルプス　小島烏水　近藤信行編
雪中梅　末広鉄腸　小林智賀平校訂
宮柊二歌集　宮英子　高野公彦編
新編 東京繁昌記　木村荘八　尾崎秀樹編
新編 山と渓谷　田部重治　近藤信行編
日本児童文学名作集 全二冊　桑原三郎　千葉俊二編
山月記・李陵 他九篇　中島敦
眼中の人　小島政二郎

新選 山のパンセ　串田孫一自選
小川未明童話集　桑原三郎編
新美南吉童話集　千葉俊二編
岸田劉生随筆集　酒井忠康編
摘録 劉生日記　岸田劉生　酒井忠康編
量子力学と私　朝永振一郎　江沢洋編
書物　森銑三　柴田宵曲
自註鹿鳴集　会津八一
窪田空穂随筆集　大岡信編
窪田空穂歌集　大岡信編
暢気眼鏡・虫のいろいろ 他十三篇　尾崎一雄　高橋英夫編
奴隷 —小説・女工哀史1　細井和喜蔵
工場 —小説・女工哀史2　細井和喜蔵
森鷗外の系族　小金井喜美子
木下利玄全歌集　五島茂編
新編 学問の曲り角　河野与一　原二郎編
林芙美子紀行集 下駄で歩いた巴里　立松和平編

放浪記　林芙美子
山の旅　全二冊　近藤信行編
酒道楽　村井弦斎
文楽の研究　全二冊　三宅周太郎
五足の靴　五人づれ
尾崎放哉句集　池内紀編
リルケ詩抄　茅野蕭々訳
ぷえるとりこ日記　有吉佐和子
江戸川乱歩短篇集　千葉俊二編
怪人二十面相・青銅の魔人　江戸川乱歩
少年探偵団・超人ニコラ　江戸川乱歩
江戸川乱歩作品集　全三冊　浜田雄介編
堕落論・日本文化私観　他二十二篇　坂口安吾
桜の森の満開の下・白痴　他十二篇　坂口安吾
風と光と二十の私と・いずこへ　他十六篇　坂口安吾
久生十蘭短篇選　川崎賢子編
墓地展望亭・ハムレット　他六篇　久生十蘭

六白金星・可能性の文学　他十一篇　織田作之助
夫婦善哉　正続　他十二篇　織田作之助
わが町・青春の逆説　織田作之助
歌の話・歌の円寂する時　他一篇　折口信夫
死者の書・口ぶえ　折口信夫
折口信夫古典詩歌論集　藤井貞和編
山川登美子歌集　今野寿美編
汗血千里の駒　坂本龍馬君之伝　坂崎紫瀾　林原純生校注
日本近代短篇小説選　全六冊　紅野敏郎・紅野謙介・千葉俊二・宗像和重・山田俊治編
自選谷川俊太郎詩集
訳詩集白孔雀　西條八十訳
茨木のり子詩集　谷川俊太郎選
第七官界彷徨・琉璃玉の耳輪　他四篇　尾崎翠
大江健三郎自選短篇
M/Tと森のフシギの物語　大江健三郎
キルプの軍団　大江健三郎
辻征夫詩集　谷川俊太郎編

石垣りん詩集　伊藤比呂美編
漱石追想　十川信介編
芥川追想　石割透編
荷風追想　多田蔵人編
自選大岡信詩集
うたげと孤心　大岡信
日本の詩歌　その骨組みと素肌　大岡信
詩人・菅原道真　―うつしの美学　大岡信
日本近代随筆選　全三冊　千葉俊二・長谷川郁夫・宗像和重編
尾崎士郎短篇集　紅野謙介編
山之口貘詩集　高良勉編
原爆詩集　峠三吉
竹久夢二詩画集　石川桂子編
まど・みちお詩集　谷川俊太郎編
山頭火俳句集　夏石番矢編
二十四の瞳　壺井栄
幕末の江戸風俗　塚原渋柿園　菊池眞一編

岩波文庫の最新刊

今西祐一郎編注
源氏物語補作
山路の露　雲隠六帖 他二篇

薫と浮舟のその後は、光源氏の出家と死の真相は、源氏と六条御息所の馴れ初めは？――昔も今も変わらない、源氏に魅せられた人々の熱い想いが生んだ物語。〔黄一五－一九〕　定価一〇六七円

國方栄二編訳
ヒポクラテス医学論集

臨床の蓄積から修得できる医術を唱えた古代ギリシアの医聖ヒポクラテス。「古い医術について」「誓い」「箴言」など代表作一〇篇を収録。「ヒポクラテス伝」を付す。〔青九〇一－二〕　定価一一一一円

トマス・リード著／戸田剛文訳
人間の知的能力に関する試論（上）

スコットランド常識学派を代表するリードは、懐疑主義的傾向を批判し、人間本性（自然）に基づく「常識」を認識や思考の基礎とすることを唱えた。（全二冊）〔青N六〇六－一〕　定価一六五〇円

今月の重版再開

ジョージ・エリオット作／土井　治訳
サイラス・マーナー　定価一〇一二円　〔赤二三六－一〕

家永三郎編
植木枝盛選集　定価九九〇円　〔青一〇七－一〕

定価は消費税 10％ 込です　2022. 12

岩波文庫の最新刊

真鍋昌弘校注
閑吟集

中世末期、一人の世捨人が往時の酒宴の席を偲んで編んだ小歌選集。多彩な表現をとった流行歌謡が見事に配列、当時の世相や風景、人々の感性がうかがえる。
〔黄一二八-一〕 定価一三二〇円

小玉英雄編訳・解説
アインシュタイン
一般相対性理論

アインシュタインが一般相対性理論を着想し、定式化を完了するまでに発表した論文のうち六篇を精選。天才の思考を追体験する。
〔青九三四-三〕 定価七九二円

ヤン・ポトツキ作／畑浩一郎訳
サラゴサ手稿（下）

物語も終盤を迎え、ついにゴメレス一族の隠された歴史とアルフォンソの運命が明かされる。鬼才ポトツキの幻の長篇、初めての全訳、完結！（全三冊）
〔赤N五一九-三〕 定価一一七七円

……今月の重版再開……

尾崎雅嘉著／古川久校訂
百人一首一夕話（上）
〔黄二三五-一〕 定価一一七七円

尾崎雅嘉著／古川久校訂
百人一首一夕話（下）
〔黄二三五-二〕 定価一〇六七円

定価は消費税10％込です　2023. 1